HEYNE
HARD
CORE

ALEXANDER BROICHER

fakebook

ROMAN

HEYNE HARDCORE

FSC
www.fsc.org
MIX
Papier aus verantwortungsvollen Quellen
FSC® C014496

Verlagsgruppe Random House FSC-DEU-0100
Das für dieses Buch verwendete
FSC®-zertifizierte Papier *Super Snowbright*
liefert Hellefoss AS, Hokksund, Norwegen.

Originalausgabe 09/2012

Redaktion: Heiko Arntz
Umschlaggestaltung: Melville Brand Design , München
Satz: EDV-Fotosatz Huber/Verlagsservice G. Pfeifer, Germering
Druck und Bindung: GGP Media GmbH, Pößneck
Printed in Germany

ISBN 978-3-453-67614-5

www.heyne-hardcore.de

www.facebook.com/fakebook.roman

1

Er hörte die Trillerpfeifen von Weitem, das Gezwitscher des Aufstands. Irgendwo sprang die Alarmanlage eines parkenden Wagens an. Frieder Kurtsmeier lief auf die Zentrale von Tastemaker zu.

Zornige Plakate, wo er hinsah. *Copyright by God!* stand auf einem, *Sabotage* auf einem anderen. Knapp hundert Demonstranten bildeten vor dem Eingang eine Traube. Frieder kannte solche Aktionen, doch heute waren sie weiter gegangen als sonst. Sie hatten selbst vor der Fassade des Firmentempels nicht haltgemacht. Mit Graffiti übersät, glänzte sie in der Morgensonne wie ein Subway-Eingang im New York der Achtzigerjahre. Vorsorglich hatte die Firma alles mit Teflon versiegeln lassen. Kritik prallte daran ebenso ab wie Farbe.

Plötzlich entdeckte Frieder zwischen den Demonstranten einen kleinen Mann mit Hut, der zielstrebig auf ihn zulief.

»Hey Rocco!«, rief der Kleine. »Du glaubst wohl, mit mir kannst du's machen!«

Frieder betrachtete sein Spiegelbild in der gewölbten Sonnenbrille des Mannes. Er erschien darin beeindruckend breitschultrig und selbstbewusst. »Was wollen Sie?«

»Du weißt, was du mir schuldest, Rocco!« Wütend nahm der andere die Brille ab. »Bis du nicht bezahlt hast, behalte ich deinen Hut!« Mit dem Finger tippte er an den schwarzen Trilby, dessen Krempe vorn in die Stirn gezogen war.

»Sagten Sie Rocco zu mir? Ich heiße nicht Rocco.«

Ein Demonstrant schob sich zwischen die beiden, im nächsten Moment war der kleine Mann verschwunden. Er muss mich verwechselt haben, dachte Frieder. Das passierte ihm häufig, er hatte ein Allerweltsgesicht. Männer wie ihn gab es wie Pixel im Datenmeer. Als er sich suchend nach dem Kleinen umblickte, sah er Hansen.

Mit ausladendem Fußballergang bahnte sich Hansen den Weg durch die Demonstranten. Frieder hatte keine Lust, seinem Kollegen zu begegnen, doch der hatte ihn schon entdeckt. Auf Hansens Glatze glänzte die Sonne. Obwohl er noch keine dreißig war, litt er unter Haarausfall und hatte sich, ganz Angriff nach vorn, für eine Totalrasur entschieden. Hansen erreichte Frieder, gemeinsam wichen sie einem Spruchband aus: *Es gibt kein richtiges Leben im falschen!*

»Was soll der Quatsch bedeuten?« Hansen schüttelte den massigen Kopf.

Sie passierten eine Gruppe von Leuten, die sich ihnen mit ihren handgemalten Transparenten in den Weg stellten. *Stop killing us!*

Hansen schlug dem einen das Stück Pappe aus der Hand und schrie: »Verpiss dich, du Öko-Bolschewist!«

Der Demonstrant versuchte, Hansen am Arm festzuhalten, mit brutaler Geste stieß der Bulle den Kerl von sich. »Mach bloß meinen Hugo-Anzug nicht schmutzig!« Er strich über den Ärmel seines schwarz glänzenden Jacketts. Die letzten Meter zum Haupteingang legten Hansen und Frieder gemeinsam zurück.

»Was stört die Verrückten bloß an unserer neuen Kunstmilch, Kurz?«

Frieder schluckte. Er hasste diesen Spitznamen. »Vermutlich das Gleiche, was sie an unseren Fischburgern gestört hat.«

»Die sollen froh sein, dass in unserem Burger kein Gramm Fisch drin ist. So riskieren sie keine Fischvergiftung!«

»Na ja, wer Fisch mag, könnte das unter Umständen anders sehen.«

»Auf welcher Seite stehst du eigentlich, Kurz?«

Die Schiebetüren öffneten sich, sie betraten die Marmorhalle mit der drei Meter hohen Food-Skulptur, einem Totempfahl aus ineinander verschlungenen Obst- und Gemüsesorten.

Hansen verdrehte die Augen. »Diese Demonstranten haben keinen Schimmer, wie viel technologischer Fortschritt in unserer Kunstmilch steckt. Wer will schon was trinken, das einem stinkenden Wiederkäuer aus dem Euter gesaugt wurde? Das ist hygienischer Suizid!«

Er zog einen neongrünen Streifen Kaugummi aus der Tasche. »Mal was anderes: Was hältst du davon?«

»Hm, ja. Super Farbe.«

»Nicht nur die Farbe. Ich habe einen Riecher für unentdeckte Perlen. Bei dem Ding hier bastle ich gerade am Geschmacksdesign. Das wird mein nächster Hit!«

Frieder drückte den Knopf, um den Aufzug zu rufen.

Aus verkniffenen Augen sah Hansen ihn an. »Du bräuchtest auch mal wieder einen Knaller, Kurz. Wenn du den Bonus noch einmal verpasst, grillen dich die Unternehmensberater und machen McKinsey-Burger aus dir. Ha, ha!«

Frieder war sauer, weil Hansen den Nagel auf den Kopf traf. Er konnte dessen Erfolgsstorys einfach nicht mehr hören. Während Frieder in den Fahrstuhl stieg, spürte er den Druck im Magen. Er war es gewohnt, dass Dinge ihm auf den Magen schlugen, aber in letzter Zeit ging es ihm bei der kleinsten Gelegenheit so.

»Du bist einfach kein Erfolgstyp, Kurz. Traurig, aber wahr.«

Hansen drückte den Knopf zum sechsten. Der Aufzug setzte sich in Bewegung. Statt einer Antwort heftete Frieder seinen Blick auf die Stockwerksanzeige.

In der dritten Etage stieg Jolinde zu, die Chemikerin aus dem Geschmackslabor. Hansen grinste sie an, sie grüßte knapp und rückte wie so häufig ihre Ray-Ban-Brille zurecht. Jolinde hatte ein schmales Gesicht, blasse Haut und schwarzes Haar.

»Gegen was demonstrieren sie diesmal?«, fragte sie.

»Gegen alles!«, antwortete Hansen. »Das sind Berufsdemonstrierer.«

Allen Dreien war bewusst, wogegen sich der Protest richtete. Sie waren Food-Designer und besaßen Macht über die Gaumen. Zwischen Supermärkten und Fastfood-Tempeln waren sie die heimlichen Herrscher im Königreich der Nahrungsmittel. Sie hatten ihre Finger überall. Ab und zu tauchten unschöne Begriffe wie »Acrylamid« oder »Dioxin« in den Schlagzeilen auf, dann war ein PR-Fehler unterlaufen und zu viel Wahrheit an die

Öffentlichkeit gelangt. Aber die Aufregung war nie von langer Dauer, schon bald graste die Herde unbesorgt weiter. Wer kümmerte sich um *Acrylamid*? Hauptsache, die Chips schmeckten.

Hansen taxierte Jolinde und stieß Frieder mit dem Ellbogen an. »Für so was Niedliches hab ich auch einen Riecher«, flüsterte er so laut, dass sie es hören musste.

Hansens Haarausfall war wohl die Folge von massivem Testosteronüberschuss, genau wie seine Aggressivität. Hatte ihm seine Härte im Job auch manchen Vorteil gebracht, verschloss ihm seine Art bei Frauen alle Türen. Mit der Glatze und seinem fleischigen Nacken wirkte er wie ein Flusspferd.

Jolinde schaute zu Boden. Sie war die Einzige in der Firma, die Frieder Sympathie entgegenbrachte. Er hätte ihr zur Seite springen müssen, wollte sich aber mit Hansen nicht anlegen. Er stand da und wartete, bis das *Pling* ihn erlöste. Der Aufzug spie die drei im sechsten Stock aus.

2

In seinem Büro atmete Frieder erst einmal tief durch und versuchte, nicht länger über den missglückten Tagesstart nachzudenken. Während in der Teeküche der Kaffee durchlief, fuhr er seinen Rechner hoch. Schaffte er es, online zu sein, bevor der Kaffee fertig war? Ein armseliges Spiel, wie er selbst fand. Eine von vielen Banalitäten, mit denen Frieders Leben so reich gesegnet war. Windows meldete sich, zugleich hörte er das Fauchen aus der Küche. Beeilung! Rasch den Browser starten, Status: *online*. Gewonnen! Die Verkalkung der Kaffeemaschine verhalf ihm wenigstens zu einem kleinen Erfolgserlebnis.

> *Willkommen bei Facebook,*
> *Frieder Kurtsmeier.*
> *Freunde online: 0*
> *Freunde: 4*
> *Deine offenen Freundschaftsanfragen: 97*

Auch heute war niemand seinetwegen hier. Es deprimierte Frieder nicht mehr als sonst. Um wenigstens eine Ahnung vom Leben der anderen zu erhaschen, stöberte er in den Neuigkeiten der Leute, deren Freund er gern gewesen wäre:

Vincent Maurer War ein Hammerabend mit euch gestern!!

Vor 58 Minuten

96 Personen gefällt das.

Lars Dontstopthemusic Und wie! Hammerclub, Hammerdrinks, Hammerfrauen! Alles dank dir, Vince. Bist ein echter Door-Opener, aber das weißt du ja!

Vor 55 Minuten

Vincent Maurer hat 18 neue Bilder eingestellt.

Vor 4 Minuten

Neugierig klickte Frieder auf den Link zu Vincents Fotos.

Vincent Maurer teilt nur einige Informationen öffentlich, wies ihn die Facebook-Administration höflich aber bestimmt zurück. *Falls du Vincent Maurer kennst, sende ihm eine Freundschaftsanfrage oder schicke ihm eine Nachricht.*

Als ob Frieder das nicht schon vor Urzeiten getan hätte. Um Vincents Fotoalbum »Berlin Nightlife – Volume SIXX« anzusehen, hätte er erst Frieders Freundschaftsanfrage bestätigen müssen.

War eigentlich klar, dass Vincent, der angehende Schwiegersohn des Chefs, der 1000-Facebook-Kontakte-Vincent, ihm nur eine lange Nase zog. Dennoch fand Frieder es erstaunlich, wie viel Freiheit Vincent sich im Netz nahm. Was sagte wohl seine Verlobte dazu?

09:12 1 Freund ist jetzt online.

Frieder sah den Benutzernamen: **Lena Luna**.

Frieder Kurtsmeier Hallo Lena. Wie geht's?

09:15
Frieder Kurtsmeier Und sonst so?

09:25
Frieder Kurtsmeier Na gut, keine Antwort ist auch eine.

Frieder ging in die Küche und nahm sich einen Becher Kaffee. Noch bevor er wieder am Rechner war, rumorte es in seinem Magen – verdammtes Gebräu! Er kippte den Kaffee in die Topfpflanze und checkte seinen Facebook-Status. Immer noch keine Reaktion von Lena. Er zückte das Handy und las all die gespeicherten SMS, die sie ihm während ihrer gemeinsamen Zeit geschickt hatte.

Ich liebe dich.
Du fehlst mir, mein Bärchen.
Hab dich lieb.
Hab einen guten Tag und lass dich im Büro nicht wieder ärgern!
Gute Nacht.

Frieder startete einen letzten Versuch.

09:31

Frieder Kurtsmeier Ich sehe doch, dass du online bist.

09:35

Lena Luna Sorry, dass andere Leute auch mal arbeiten müssen. Was gibt's denn, Kurz?

09:36

Frieder Kurtsmeier Nenn du mich nicht auch noch so.

09:42

Lena Luna Also, Frieder?

09:43

Frieder Kurtsmeier Ich wollte fragen, ob wir ins Kino gehen. Du magst doch diesen Schweiger, da läuft ein neuer Film an, irgendwas mit Küken oder Mäusen.

Zehn Minuten später.

Frieder Kurtsmeier Hallo? Erde an Lena …

Vierzehn Minuten später.

Lena Luna Wow, Frieder Kurtsmeier, was bist du plötzlich für ein Teufelskerl! Ins Kino? Regelrecht verwegen. Sonst war bloß DVD aufm Sofa angesagt. Und wenn ich nur daran denke, dass du in der Videothek länger vor den Regalen überlegt hast, als der eigentliche Film dauert! Und wie oft ich schon eingeschlafen war, bis du dich endlich entschieden hattest, was wir zu Abend essen! Wie kommst du jetzt plötzlich auf so funky Ideen? Neue Pillen von dieser Brillenschlange aus dem Labor? Oder einfach nichts zu tun?

Vier Minuten später.

Frieder Kurtsmeier Welche Laus ist dir denn über die Leber gelaufen? ☺

Sieben Minuten später.

Lena Luna Das hat weder mit Läusen noch mit meiner Leber zu tun, sondern nur mit DIR!

Fünf Sekunden später.

Lena Luna Ach ja: Und KURZ! Lass das mit diesen bescheuerten Smileys!

Fünfundvierzig Sekunden später.

Frieder Kurtsmeier Okay, brauchst ja nicht gleich zu hyperventilieren! (Smiley extra weggelassen).

Sieben Minuten später.

Lena Luna Du hast nichts verstanden, oder? Ich meine das ernst, dass wir uns eine Zeit lang nicht sehen sollten. Als ich sagte, wir können befreundet bleiben, meinte ich nicht, alles bleibt beim Alten.

Eine Minute später.

Frieder Kurtsmeier Und was heißt »befreundet«?

Fünf Minuten später.

Lena Luna Wir sind Facebook-Freunde.

Dreißig Sekunden später.

Frieder Kurtsmeier Und wenn ich mehr will?

Vier Minuten später.

Lena Luna Dann bin ich die Falsche. Sorry. Lass den Kopf nicht hängen, Leben geht weiter. LG

Zwei Minuten später.

Frieder Kurtsmeier Deins vielleicht.

10:46

Lena Luna ist offline.

(Die Nachricht hat den Teilnehmer nicht erreicht.)

Frieder stöberte noch auf einigen Seiten des blauweißen Universums, aber das Einzige, das ihm offenstand, war die Glückskeks-App, die er abonniert hatte. Mit einem beherzten Klick öffnete er den digitalen Keks: *Wenn etwas schiefgeht, warte ein wenig und es kommt noch schlimmer.* Er wollte sein Glück noch einmal herausfordern.

Zugriff verweigert. Du hast dein Tageslimit erreicht. Neue Credits kaufen?

Frieder loggte sich aus, für heute hatte er genug. Er träumte von dem Tag, an dem auch er Freunde haben würde, Facebook-

Freunde. Alles andere würde sich dann von selbst ergeben: Partys, Frauen, jede Menge Spaß.

Durch die Glaswand bemerkte er die bienenstockartige Betriebsamkeit seiner Kollegen. Ungewöhnlich für diese frühe Stunde. War etwas Weltbewegendes passiert? Er öffnete News-Seiten im Internet. Nur die üblichen Berichte über die anhaltende Hitzewelle. Neu war die Nachricht einer unerforschten Infektionskrankheit, die sich rasch ausbreitete. Als die Bilder von ausgemergelten Lemuren über den Monitor flimmerten, klickte er sie weg. Kein Mensch, der noch etwas essen wollte, sollte sich so etwas vor der Mittagspause anschauen. Frieder wandte sich den bunten Seiten zu, um sich mit Gossip zu munitionieren, dem Klebstoff sozialer Kommunikation.

Brangelina adoptieren 12. Adoptivkind aus Tibet.
Exklusive Paparazzi-Bilder des bärtigen Jungen!
Lady Gaga ist ein Mann!
Exklusivbericht zu ihrer Deutschlandtournee.
Alle Konzerte ausverkauft.
Paris Hilton mit Bargeld zu Sex vor Kamera gezwungen.
Hier ihr eigenes Handy-Video ansehen!

Nichts Neues also. Die üblichen Ergüsse aus Blut, Sperma und Tränen. Als er die News und Blogs überflogen hatte, verließ er das Büro und versuchte herauszufinden, was hinter dem verschwörerischen Getuschel der Kollegen steckte. Doch sobald er an einem der Schreibtische vorbeilief, verstummten sie, wie üblich, und sahen ihn verkniffen lächelnd an.

Die Leute, mit denen Frieder arbeitete, beschäftigten sich von morgens bis abends damit, ihre Coolness zu perfektionieren. Beispiel: Outfit. In den Führungsebenen trug man mehrheitlich schwarz, gerne schwarze Jeans und dünne Cashmere-Pullis oder smarte Designer Anzüge. Die PR-Leute hatten ihre eigene Uniform, auch Steve-Jobs-Garnitur genannt – blaue Jeans und schwarzer Rolli. Das sollte anzeigen: Kreativbranche, mehr Respekt bitte! Man fuhr Saab-Cabrio und verschleuderte sein Geld für Markenfetische und Betäubungsmittel, um sich selbst erfolgreich ausblenden zu können. Wer nicht kokste, kiffte, wer nicht kiffte, trank. Wer nichts davon tat, arbeitete hier besser nicht. Man wollte nicht mit den Leuten, die man bediente, in einen Topf geworfen werden. Man war etwas Besseres, empfand sich als Künstler, als kreativen Optimierer, Dekorateur, als fettreduzierten Sahnetupfer auf jedem Produkt. Man kannte den ständig wechselnden Geschmack der Konsumenten. Oder kreierte ihn kurzerhand neu.

Frieder beendete seinen Rundgang, ohne etwas erfahren zu haben. Wenn er einen Raum betrat, war es, als ob jemand den Stecker zog. Lag es an ihm? Langweilte er die Leute so sehr? Zwischenmenschliche Rituale blieben ihm ein Rätsel.

Yvonne kam herein, seine Team-Assistentin. Mit ihrer kleinen Nase und dem spitzen Mund hatte sie etwas von einem Vogel.

»Schon gehört? Die Unternehmensberater sind im Haus.«

Aha. Daher wehte der Wind.

»Es wird gemunkelt, dass wegen der Fusion mit Imperial Chemicals einer aus unserer Etage gehen muss. Fragt sich nur, wer?« Sie überprüfte ihre frechen Fingernägel, auf denen ein kesser Stein funkelte.

»Und wie wollen die ihren Kandidaten finden?«, fragte Frieder bemüht gleichgültig.

»Mit dem Ideen-Pitch natürlich.« Auf Frieders verständnisloses Schweigen sagte Yvonne: »Haben Sie die Mail vergessen?«

Ihre Nägel hatten die Qualitätskontrolle bestanden, nun sah sie Frieder prüfend an.

»Welche Mail?« Hektisch öffnete er sein Postfach.

»Die von Gelfort, vergangenen Montag.«

Gelfort war Marketingdirektor und hatte bereits häufig ein goldenes Händchen für erfolgreiche Produkte bewiesen Die Geschäftsleitung hatte daher die interne Produktbewertung in seine Hände gelegt. Food-Designer wie Frieder und Hansen bildeten die mittlere Ebene des Unternehmens und waren dafür verantwortlich, neue Lebensmittelprodukte zu erfinden. Im Labor setzte man ihre Vorgaben dann chemisch um. Aroma, Farbe, Haptik, Kauverhalten, funktionale Zusatzstoffe wie Geschmacksverstärker, alles, was der Food-Designer ersonnen hatte, wurde dort praktisch umgesetzt. Noch ein paar falsche Grillstreifen auf das Hähnchenformfilet, nicht zu dunkel, das sah ungesund aus. Dazu noch etwas Barbecue-Rauch-Flavor – Jolindes Chemiebaukasten machte alles möglich.

Frieder scrollte hoch und runter, drückte die Taste *Senden & Empfangen* und betätigte den Suchlauf. Es gab keine Mail von Gelfort vom vergangenen Montag.

»Jeder soll eine Idee für ein innovatives Food-Produkt vorstellen«, leierte Yvonne herunter, was anscheinend jeder in der

Firma längst wusste. »Die beste Idee wird realisiert und bekommt ein dickes Entwicklungsbudget. Und wer die schlechteste Idee vorstellt … Na ja.« Sie sah ihn mitleidig an. »Wissen Sie jetzt wieder?«

Frieder schluckte. Ihm wurde heiß. Sein Bauch war voll schwarzer Ziegelsteine. Eine innovative Idee präsentieren, vor versammelter Mannschaft? Das also hatte Hansen gemeint, als er Frieder seinen neonfarbenen Kaugummi gezeigt hatte. Er war bereits in der Endphase der Entwicklung, Frieder dagegen war seit einem Jahr nichts eingefallen, was die Marktforschung erfolgreich passiert hatte.

»Ich habe diese Mail nicht bekommen, sehen Sie doch selber!« Nervös deutete er auf den Monitor.

»Sie hatten schon bessere Ausreden.« Yvonne schaute nicht einmal hin. »Dass Sie angeblich als Einziger nicht angemailt worden sind, nimmt Ihnen keiner ab.«

»Wären Sie dennoch so nett, mir diese Mail noch mal weiterzuleiten?«

»Von mir aus.«

Yvonne verließ das Büro, er sah ihr nach. Sie war nicht immer für ihn gewesen, aber auch nie offen gegen ihn. Wie konnte das sein, dass eine Mail verschwand? War jemand heimlich an seinen Rechner gegangen?

Der Computer meldete sich mit einem *Plong*. Frieder öffnete die von Yvonne weitergeleitete Nachricht. Der Absender war wirklich Gelfort. Frieder überflog den Verteiler. Die üblichen Personen – sein Name fehlte! Wurde er sabotiert, oder war es einfach nur ein dummer Zufall? Seine drängendste Sorge war jedoch die Idee, der zündende Einfall! Gab es dafür nicht irgendeine App, eine, die hielt, was sie versprach, so wie *Morgen Millionär* oder *Waschbrettbauch in fünf Tagen*?

Frieders Magen gab ein Konzert an Brummtönen von sich, in seinen Gedärmen rumorte es. Ihm war klar, dass er die Idee ohne fremde Hilfe nicht finden würde. Jolinde musste her! Als Chemikerin experimentierte sie nicht nur ständig mit neuen Geschmacksstoffen und Texturen, sondern beobachtete alle Entwicklungen in der Branche. Sie ließ sich Proben aus der ganzen Welt zusenden, die dem Fundus der Firma dann zur Verfügung standen. Frieder sah auf die Uhr, gleich Mittagspause. Er würde sie draußen bei der Schule finden. Jolinde hörte sich gern bei den jungen Leuten um, sie waren für sie die beste Marktforschung. Streetcredibility nannte sie das.

Er verließ das Büro und lief in den kleinen Park, der an die Schule grenzte. Die Hitze war unvermindert heftig, man konnte keine zwei Schritte gehen, ohne dass einem der Schweiß ausbrach.

Eine Schülerin in knappem Mini und bauchfreiem Top quatschte ihn an und bot ihm »'n Quickie im Gebüsch für 'n Fuffi« an. Irritiert lehnte er ab, versäumte aber nicht, sich höflich zu bedanken. In seinem Rücken hörte er ihr schrilles Lachen und fragte sich, ob sie es ernst gemeint hatte.

Jolinde hockte mit zwei Jungs auf der Wiese im Schatten einer Buche. Eine große Zigarette ging zwischen ihnen herum. Ohne ihre Hornbrille fielen Frieder Jolis wasserblaue Augen auf. Er verstand, warum Lena eifersüchtig auf Jolinde gewesen war. Ihr Schneewittchen-Charme, das pechschwarze Haar, diese hypnotischen Augen faszinierten ihn.

»Tschuldigung, Jolinde.«

Überrascht sah sie auf. »Frieder? Was machst du hier? Stehst du auf Schülerinnen?«

»Ich wollte dich sprechen.«

»Jetzt geht es eher schlecht.« Sie sah zu den beiden Jungs, die sie angrinsten.

»Ich bräuchte dringend was für den Ideen-Pitch«, rückte Frieder heraus. »Irgendwie habe ich den Termin verschwitzt, also, genau genommen war es nicht meine Schuld ...«, druckste er und verknotete seine Finger.

»Gib dem Typen was von deinem Special K«, sagte einer der Halbstarken zu Jolinde.

»Psst!« Sie legte den Finger an die Lippen. »Ich hab mich schon gewundert, dass du als Einziger nicht bei mir aufgekreuzt bist«, antwortete sie Frieder. »Aber du meldest dich ziemlich spät, meine Regale sind fast leer.« Sie überlegte. »Komm morgen ins Labor. Vormittags ist eine Gruppe Testesser da. Vielleicht finden wir unter den Produkten was für dich.«

Frieder bedankte sich. Immerhin ein kleiner Hoffnungsschimmer.

Einer der Jungs spuckte einen neongrünen Kaugummi ins Gras. Frieder starrte das Ding an. Natürlich arbeitete Jolinde auch für Hansen. Aber mitzuerleben, wie sie Hansens Produkt ihrem Consumer-Test unterzog, schockierte ihn. Im Grunde reichte es für eine Präsentation, die Idee zu skizzieren und mit ein paar Dummys und Probegerichten auszuschmücken. Aus Hansens Mund hatte es jedoch so geklungen, als sei er bereits produktionsbereit. Ein Umstand, der den Druck auf Frieder noch erhöhte.

»Bis morgen«, sagte er kleinlaut, doch Jolinde war schon wieder mit den Jungen beschäftigt.

Zurück nahm Frieder einen anderen Weg, um der Schülerin im Minirock nicht noch einmal zu begegnen.

Verschwitzt kam er in seinem Büro an und sank auf den Schreibtischstuhl. Er war nicht in Ordnung, und das konnte unmöglich nur an der Hitze liegen. Ihm war schlecht, er fühlte sich dauernd erschöpft. Regungslos starrte er auf den Bildschirmschoner. Eine animierte Maus flüchtete vor einer überdimensionalen, zähnefletschenden Katze.

»Was machen Sie da?«

Frieder zuckte zusammen. »Oh, guten Tag, Herr Schermann.«

Er hatte seinen Chef nicht kommen hören. Schermann war groß, breitschulterig, Respekt einflößend. Das graue Haar war tadellos gescheitelt, der Anzug aus feinstem Tuch, Seidenkrawatte mit passendem Stecktuch.

»Sie sehen schlecht aus, Kurtsmeier.«

»Die Hitze. Ich hätte nicht rausgehen sollen.«

»Lassen Sie sich mal gründlich durchchecken.«

»Ja, danke, das mache ich.«

»Ich meine: sofort. Nehmen Sie sich eine Stunde frei und gehen Sie zum Arzt. Jetzt, wo die Unternehmensberater im Haus sind, kann ich Luschen unter keinen Umständen gebrauchen.« Schermann machte kehrt und ging.

Wie ein kleiner Junge, der dem Vater gehorcht, stand Frieder auf und verließ das Büro. In der Halle blieb sein Blick an der großen Plastik hängen, die zum Markenzeichen der Firma geworden war. Die Früchte sahen zum Anbeißen echt aus. Sie bestanden aus UV-stabilem Kunststoff mit einem Kunstharzüberzug, was die Objekte besonders saftig und knackig erscheinen ließ. Die Basis bildete eine Schüttung knallroter Tomaten, ab Kniehöhe türmten sich Maiskolben und blaugrüner Broccoli, in Augenhöhe Äpfel, Birnen, Erdbeeren und Kiwis in Hülle und Fülle. Die Nachbildungen der Obst- und Gemüsesorten dokumentierten die Schaffenspalette der Firma, die einst mit nicht faulenden Tomaten und genmanipuliertem Mais groß geworden war. Frieder hatte sich noch nie bewusst gemacht, dass die Zurschaustellung ihres Leistungsspektrums etwas Verhöhnendes hatte. Es konnte tatsächlich als Provokation empfunden werden, nicht nur von den Demonstranten. Früher war Tastemaker diskreter zu Werke gegangen. Jedermann hatte ihre Produkte im Kühlschrank, aber keiner ahnte es. Während Frieder die Skulptur betrachtete, dachte er, wie schwer es doch war, angesichts der Vielzahl an Erfindungen in ihrer Branche sich etwas wirklich Neues auszudenken.

3

Dr. Khonsari betrat das Behandlungszimmer, einen Stapel Testergebnisse in der Hand. »Das sieht nicht gut aus.«

Vor Stunden hatte sich Frieder einem umfangreichen Check-up bei seinem Hausarzt unterzogen, Blutabnahme, Röntgen, Ultraschall. Eine Routinemaßnahme, hatte er gedacht, ohne den Befehl von oben wäre er gar nicht hergekommen. Zwei Stunden lang hatte er sich danach die Beine vertreten und auf die Ergebnisse gewartet.

»Sie gehen sofort nach Hause«, sagte Dr. Khonsari. »Ich schreibe Sie krank.«

Hatte Frieder nicht gerade noch gedacht, eine verschwundene E-Mail sei sein größtes Problem? Jetzt kam alles noch schlimmer. Wofür wurde er eigentlich bestraft? Dafür, dass er nett war? Gab es irgendwo da oben einen Sadisten, der seine helle Freude daran hatte, einen Menschen wie Frieder mit Fantasie und Lust zu peinigen?

»Herr Doktor, Sie sprechen doch nicht von der Nummer: *Ich gebe Ihnen noch ein Jahr*?« Es war als Scherz gedacht, um dem Arzt eine Beschwichtigung zu entlocken, aber Khonsari verzog keine Miene. Frieder brach der Schweiß aus.

»Was habe ich denn?«

»Das kann ich noch nicht sagen. Ihre Blutwerte sind kurios. Ehrlich gestanden haben Sie das Blutbild eines alten Mannes. Ich fürchte, bei Übelkeit und chronischen Magenschmerzen wird es nicht bleiben.«

Frieder musste schlucken. »Haben Sie denn nicht irgendeinen Anhaltspunkt?«

Dr. Khonsari räusperte sich. »Etwas vergiftet Ihre Nervenbahnen. Sie scheinen völlig überreizt zu sein. Ich habe bedenkliche Konzentrationen von Stimulantien in Ihrem Blut gefunden.« Er wies auf die Röntgenaufnahmen im Leuchtkasten. »Ihr Magen ist, laienhaft ausgedrückt, regelrecht durchlöchert.«

»Wie ein Schweizer Käse?«

»Porös trifft es besser.«

Frieder starrte ihn an. »Ist das lebensbedrohlich?« Ihm versagte fast die Stimme.

»Wenn sich meine Verdachtsmomente erhärten, durchaus. Wenn Sie weiterhin so wenig auf sich achten, läuft es wohl auf *Ich gebe Ihnen noch ein Jahr* hinaus.«

»Und was soll ich jetzt tun?«

»Schonen Sie sich. Unterlassen Sie alles, was Ihnen auf den Magen schlägt.«

Frieder fragte sich, wie er das anstellen sollte. In dem Fall dürfte er seine Wohnung nicht verlassen, nicht mehr online gehen, er müsste wahrscheinlich mit genügend Nahrung auf einer einsamen Insel ausgesetzt werden.

»Um eine Therapie zu entwickeln, muss ich die letzten Untersuchungsergebnisse abwarten«, sagte Khonsari. »Auf jeden Fall: Hände weg von Stimulanzien!«

»Ich nehme keine Drogen, wenn Sie das meinen.«

»Schonkost ist dringend geraten, Sport kann nicht schaden.« Dr. Khonsari ging zur Tür und hielt sie Frieder auf. »Ich melde mich bei Ihnen. Guten Tag.«

Frieder wankte auf den Flur. Er zog in Betracht, den Arzt zu wechseln. Doch was, wenn Dr. Khonsari recht hatte und Frieder wirklich sterbenskrank war? Andererseits, wenn er das, was er *sein Leben* nannte, genauer betrachtete, war er längst tot, und die Leichenstarre hatte bereits eingesetzt.

Die U-Bahn war voll, Frieder musste stehen. Mit beiden Händen klammerte er sich an eine Haltestange. Lenas Bild tauchte vor ihm auf. Ihr hübsches Lachen mit der charmanten Lücke zwischen den Schneidezähnen, die Art, wie sie ihr Haar in den Nacken warf. Dann betrachtete er sein Spiegelbild in der Scheibe. Schlecht rasiert war er, die Koteletten an den Seiten hätten gestutzt gehört. Ausgewaschene, abgetragene Klamotten, die Schultern hängend wie die Mundwinkel. Die Nase stach spitz aus dem Gesicht. War er so bleich, oder täuschte das Neonlicht? Er war erst siebenundzwanzig, aber sein Körper wirkte wie der eines Greises. Womit hatte er die kostbare Lebenszeit, die er angesichts seiner rätselhaften Erkrankung jetzt gut gebrauchen könnte, eigentlich verschwendet? Sicher nicht mit Leben.

Eine Woge Selbstmitleid erfasste ihn. Fast hätte er in der U-Bahn zu heulen angefangen. Da stieß ihn etwas von hinten an, die Spitze eines Krückstocks. Eine alte Frau war aufgestanden und bot ihm ihren Sitzplatz an. Frieder begriff nicht gleich. Dann lehnte er kopfschüttelnd ab und stieg an der nächsten Haltstelle aus.

Als er an einem Kiosk vorbeikam, wollte er sich ein Päckchen Zigaretten kaufen. Der indische Verkäufer starrte ihn an.

»Geht Ihne' nich gut?«

Frieder wich zurück. Stand ihm das schon auf die Stirn geschrieben? Wie hatte Dr. Khonsari gesagt: *Hände weg von Stimulanzien*! Unverrichteter Dinge zog Frieder weiter.

Er wohnte in einer typischen Ostberliner Mietskaserne. Fünf Stockwerke, null Charme. Drumherum etwas Grünbepflanzung, die Bürgersteige garniert mit Tretminen vierbeiniger Mitbewohner. Die meisten Köter waren harmlose, degenerierte Stadtpinscher, die wie ihre Halter mehr vegetierten als lebten. Dennoch wechselte Frieder bei tierischem Gegenverkehr sicherheitshalber die Straßenseite.

Vor dem Haus befand sich ein armseliger Spielplatz mit Sandkasten und einer mickrigen Rutsche. Die Kinder mieden den Platz wegen seiner nicht vorhandenen Möglichkeiten. Nur ein Junge bildete die Ausnahme. Tagaus, tagein hockte der Sohn des Hausmeisters auf der Einfriedung. Er trug stets die gleiche zerschlissene Hose. Sein linkes Auge war mit einem Pflaster zugeklebt. Frieder versuchte, an ihm vorbeizuschleichen, aber der Kleine hatte ihn entdeckt. Er griff sich eine Handvoll Sand und schleuderte sie nach Frieder. Dazu schrie er wie am Spieß. Frieder duckte sich und verfiel auf den letzten Metern in schnellen Trab.

Frau Braun, die Alte aus dem ersten Stock, die ihren Schäferhund immer allein rausschickte, hing am Fenster, in der Hand einen Napf Seifenlauge. Versonnen blies sie Seifenblasen in die schwüle Sommerluft.

Am Haus angekommen, schloss Frieder rasch auf. Als die Tür von der Gasfeder wieder ins Schloss gedrückt wurde, erstarb das Schreien des Jungen. Frieder strubbelte sich den Sand aus den Haaren.

Im Hausflur sah er nach seiner Post. Kein Brief, nur Werbung. Dabei hatte er das größte Schild: *Bitte keine Werbung und Gratiszeitungen! BITTE!!!* Bei allen anderen schien der Hinweis zu reichen, er aber hatte zwölf Exemplare desselben Flyers in seinem Briefkasten. Er nahm den Packen, lief die Treppe hoch und betrat seine Anderthalbzimmerwohnung. Wohnzimmer mit offener Küche und Schlafkoje. Er hatte nie kapiert, wo sich das halbe Zimmer versteckte. Der Makler hatte ihm die »Offenheit des Schnitts« als Riesenvorteil verkauft. Frieder stopfte die Prospekte in den Müll und zog die Schuhe aus. Seit Lenas letztem Besuch hatte er nicht mehr aufgeräumt. Klamotten lagen auf dem Boden, benutztes Geschirr stand herum, er trug es in die Spüle, um auf dem Couchtisch Platz für sein Notebook zu machen. Er klappte es auf und öffnete die blauweiße Facebook-Seite. Keine neuen Nachrichten.

Nicht zu glauben, dass vor nicht langer Zeit Lena hier gewesen war. Es erinnerte nichts mehr an sie. Hing nicht in jeder besseren Beziehung der Duft der Angebeteten noch eine Weile im Raum? In dieser Luft hing lediglich der Geruch der neuen Bubblegum-Pizza mit Kaugummi im Rand, die er aus dem Geschmackslabor mit nach Hause gebracht hatte. Er betrachtete den Browser-Verlauf, die Chronik seines »Privatlebens«. Für eine Handvoll Smileys hätte Frieder alles gegeben. Und warum bekam er auf der Facebook-Startseite eigentlich immer diese Werbeangebote, wie man einfach und »kostengünstig« Frauen fand?

Er klickte auf *Reload*. Keine neuen Nachrichten. Frieder schaltete den Fernseher an. Das übliche Püree aus Werbung und Programm. *Der Duft der großen weiten Welt. Was gestern geschah bei Anna und die Liebe ... Mit dem Verwöhnaroma ... Wer ist nun dein Herzblatt, Kandidat A, der fesche Konditor oder ... Wie das Land, so das ... Und morgen bei Bauer sucht ... Ich bin doch nicht blöd ... Nein wirklich, Mandy, Kevin heiratet dich? ... Danke heißt Merci ... Wird David es schaffen, Lisas Vertrauen zu erlangen? ... Lebst Du schon, oder wohnst du noch?*

Frieder nahm eine Dose Cola aus dem Kühlschrank und trank sie in einem Zug bis zur Hälfte. Die Kohlensäure trieb ihm die Tränen in die Augen. Auf dem Bildschirm hockte einer auf allen vieren und pfiff eine Melodie mit seinem Hintern. Damit hatte er es bis ins Fernsehen geschafft. Für einen Moment wurde Frieder schlecht, und er schaltete den Ton stumm.

Mit einem *Plong* meldete der Computer, dass es Neuigkeiten bei Facebook gab. Frieder ließ sich in die Couch fallen und nahm den Laptop auf den Schoß.

> **Neue Veranstaltungen** Nächsten Freitag Sommerfest 10 Jahre Restaurant *Grill Royal* – Wir feiern königlich mit unseren Freunden.
> *246 Zusagen – 2 Absagen – 98 ausstehende Antworten.*

Frieder hatte es noch nie geschafft, in diesem Restaurant einen Tisch zu ergattern. Er klickte das Posting des Events an, um zu überprüfen, ob er jemanden der Gäste kannte. Vielleicht jemand, der ihn mitnehmen würde.

Keine Berechtigung. Du benötigst zuerst eine Einladung, um die Gästeliste sehen zu können.

Plong.

Du hast neue Nachrichten.
Neuigkeiten anzeigen. Lena hat ein neues Fotoalbum angelegt.

20:01

Frieder Kurtsmeier Hey! So sexy hast du dich für mich nie gestylt. Wer sind die Typen um dich herum auf dem Bild?

20:03

Lena Luna Spar dir die Töne. Du hast mich ja nie ausgeführt. Außer in die Stehpizzeria und zum Griechen natürlich. Und wenn du's genau wissen willst, war ich mit Isa unterwegs. Und ja, o Wunder, auch Männer haben Einlass auf Partys!

20:04

Frieder Kurtsmeier Ist deine kleine Schwester nicht ein bisschen zu jung für solche Partys? Sieht ganz schön wild aus.

Frieder sah sich die Fotos lachender, verschwitzter Gesichter an. In der einen Hand hielt man einen bunten Drink, in der anderen eine Zigarette.

20:06

Lena Luna Du lebst hinterm Mond, Kurz. Genau das ist dein Problem.

Sie hatte es wieder gesagt. »Kurz« aus ihrem Mund, das schmerzte. Und sie wusste es.

20:07

Frieder Kurtsmeier Hast du ne Ahnung, was hinterm Mond los ist? Hier geht's ab. Schon mal *Per Anhalter durch die Galaxis* gelesen?

Er fand seine aufschneidende Behauptung selber mehr als durchscheinend und armselig noch dazu. Aber einen Versuch der Ehrenrettung musste er wenigstens entgegensetzen. Dann klickte er sich weiter durch die Bildergalerie. Partyschnappschüsse, überquellend vor guter Laune. Menschen in angeregten Gesprächen oder in ekstatischer Verzückung. Moment, den einen kannte er doch.

20:08

Frieder Kurtsmeier Das ist Vincent, mit dem du da tanzt, der angehende Schwiegersohn vom Chef! Stehst du auf rothaarige Steroidbomben?

Frieder betrachtete Vincents aufgepumpten Körper voll Verachtung. Dicke Adern mäanderten über seinen kapitalen Bizeps. Sah der Kerl überall so aus?

20:15

Lena Luna Humor war noch nie deine Stärke, Kurz, also versuch es erst gar nicht.

20:18

Frieder Kurtsmeier Ich rede über Vincent, wie es mir passt. Er ist MEIN Bekannter.

20:25

Lena Luna Und weil du ihn zuerst gekannt hast, müssen wir dich um Erlaubnis fragen, wenn wir tanzen gehen?

20:26

Frieder Kurtsmeier Was findest du an dem? Ich meine, was nützen einem 100 Kilo reine Muskelmasse, wenn man Präsident der Arschloch-Liga ist?

20:29

Lena Luna Davon verstehst du nichts. Es geht um Coolness.

20:30

Frieder Kurtsmeier Coolness? Oh verdammt, lässt du dich schon von ihm ficken? Ich fass es nicht!

20:37

Lena Luna Mann, du nervst mich noch ins Koma. Außerdem glaube ich nicht, dass er will, dass du über unser Verhältnis Bescheid weißt.

20:38

Frieder Kurtsmeier DU willst nicht, dass ich Bescheid weiß? Früher hast du von jedem Abend minutiös erzählt.

20:43

Lena Luna Da besteht ein klitzekleiner Unterschied. Erstens sind wir nicht mehr zusammen. Und zweitens: Wovon ich erzählt habe, waren Mädchenabende. Das hier nennt man Privatsphäre. Schon mal davon gehört? Kapier das endlich!

20:48

Frieder Kurtsmeier Verdammt, Lena, bedeute ich dir denn gar nichts mehr? Eigentlich wollte ich dir gerade was Wichtiges erzählen, was Ernstes.

20:52

Lena Luna Zum letzten Mal: Ich bin wirklich nicht mehr die Richtige dafür.

21:08

Frieder Kurtsmeier Wir haben uns mal geliebt …

21:18

Frieder Kurtsmeier Hallo?

21:20

Lena Luna Damit du es endlich checkst: Seit wir nicht mehr zusammen sind, hatte ich Sex mit hundert Männern, habe mit wildfremden Typen kilometerlange Lines gezogen und Sachen getrunken, deren Namen ich nicht mal aussprechen konnte. Reicht das?

21:22

Frieder Kurtsmeier Ja danke, das reicht.

21:24

Lena Luna Ach, und Kurz, ich will meinen Schlüssel zurück. Schick ihn mir, okay? Gute Nacht. Und: Get yourself a fucking life!

Das hatte gesessen. Frieder atmete tief durch, dann schaute er sich die Partybilder noch einmal an. Sie waren offensichtlich im King Size aufgenommen worden, einem Club, den Frieder wegen der strengen Türpolitik nur von außen kannte. Auf einem Schnappschuss erkannte er im Hintergrund den stadtbekannten DJ Hell an den Decks. Frieder googelte die Programmübersicht des Clubs, und schon kannte er das Datum des Abends. Das setzte der Sache die Krone auf: Lena hatte die Bilder zwar eben erst hochgeladen, aber die Party hatte stattgefunden, als er und sie noch ein Paar waren! Lena hatte hinter seinem Rücken Heimlichkeiten mit Vincent Maurer gehabt. War Vinenct vielleicht der Grund für ihre Trennung? Hatte er ihm Lena ausgespannt? Warum bekam dieser Typ alles und Frieder nichts?

Während er auf den Bildschirm starrte, bemerkte er, dass er sich die Haut am Unterarm blutig gekratzt hatte. Was wäre, wenn er wirklich in absehbarer Zeit starb? Nein, den Gefallen wollte Frieder der Welt nicht tun! Er hatte nichts zu verlieren: Wenn er seinem Leben endlich die ersehnte Würze verpassen wollte, musste es jetzt geschehen. Er musste sein Leben designen wie ein Food-Produkt! Nur dass diesmal einzig und allein *sein* Geschmack zählte!

4

Frieder konnte sich unmöglich krankmelden. Nach allem, was passiert war, auch noch den Job verlieren, kam nicht in Frage. Bis zum abschließenden Befund wollte er nicht daran glauben, dass er wirklich ernsthaft krank war. Er hatte sich etwas vorgenommen: Einmal wollte er am Erfolg schnuppern. Einmal im Licht stehen!

Am nächsten Vormittag ging er nicht gleich in sein Büro, sondern als Erstes wie verabredet in den chemischen Bauch der Firma. Das Geschmackslabor und die Testräume befanden sich im Keller. Die Tests begannen um zehn, Frieder war ein paar Minuten früher da. Er freute sich, Jolinde zu assistieren. Eine Hand wusch die andere, sie würde ihm im Gegenzug bei dem Produktionspitch helfen. Im Labor war Joli bereits mit den Vorbereitungen beschäftigt. Sie begrüßte Frieder fröhlich und reichte ihm einen Labormantel, wie auch sie ihn trug.

»Wie viele sind es heute?«

»Fünfzig. Aber keine Sorge, ich lass dich nicht im Stich.« Jolinde kannte Frieders Furcht, vor einer größeren Menschenmenge zu sprechen.

Die Probandengruppe setzte sich aus einundfünfzig Prozent

Frauen zusammen, was bei fünfzig Personen sechsundzwanzig Frauen bedeutete. Demnach vierundzwanzig Männer, unter ihnen fünfzehn Prozent Homosexuelle, die wegen ihrer Ehrlichkeit und Konsumorientierung bei solchen Tests gern gesehene Gäste waren. Schwule genossen den Ruf, an der Optimierung von Produkten besonders interessiert zu sein, so als sei alles andere eine Beleidigung ihres Qualitätsanspruchs. Außerdem hatte man fünfzehn Prozent Teilnehmer mit Migrationshintergrund ausgewählt, wobei nicht differenziert wurde, welcher Einwanderungsgeneration oder welcher ursprünglichen Nationalität die Probanden angehörten. Die Kriterien überschnitten sich auch. Es gab türkischstämmige Frauen, italienischstämmige Homosexuelle, dicke, dünne, kleine, große Probanden, wobei Vollschlanke gern gewählt wurden, es ging ja um die Lust am Essen. Die meisten Testesser nahmen die Sache ernst, sie waren stolz darauf, dass sich jemand für ihre Meinung interessierte.

Jolinde hatte die Probanden in den Meetingsaal neben dem Labor geführt, Frieder erklärte ihnen das Prozedere. Die Hände in den Taschen des weißen Kittels, stellte er sich der Gruppe vor. Für gewöhnlich verlieh ihm der Wissenschaftler-Look mehr Sicherheit, doch heute herrschte Unruhe. Nervös haspelte er seinen Vortrag herunter, bis er merkte, warum das Tuscheln und Kichern kein Ende nahm: Er hatte den Kittel falsch geknöpft und sah darin aus wie ein verwirrter Professor.

»Die Fragen sind in Kategorien aufgeteilt, zum Beispiel: *Wie hat Ihnen die Sensorik des Produkts gefallen? Wie würden Sie das Mouthfeeling beurteilen?*«, dozierte er. »Antworten Sie spontan, ohne lange zu überlegen.«

Jeder Proband sollte zu zehn Produkten einen Fragebogen ausfüllen. Das machte am Ende des Tages fünfhundert auszuwertende Bögen à acht Seiten. Viertausend DIN-A4-Seiten, eine Heidenarbeit. Die Bögen waren in Design und Struktur einem Führerscheintest nachempfunden. Grafisch aufgelockert, nicht zu textlastig, mit ankreuzbaren Multiple-Choice-Fragen.

»Auf einer Skala von 1 bis 10, wie war der geschmackliche Gesamteindruck des Produkts für Sie?«

»Würden Sie das Produkt kaufen? Ja. Nein. Vielleicht.«

Mit dem Einführungsvortrag, der Fragerunde und einer Verabschiedung dauerte das Testing mehrere Stunden. Üblicherweise wurde die Aufwandsentschädigung am Ende bar an die Teilnehmer ausgezahlt.

Jolinde verteilte die Probanden auf Einzelkabinen. Sie sollten von den anderen Testpersonen so wenig wie möglich abgelenkt werden. In den Zellen gab es einen Tisch, einen höhenverstellbaren Stuhl und eine Durchreiche in der Wand. Auf dem Tisch befanden sich ein Spucknapf, eine Schachtel mit Papiertüchern sowie Stift und Fragebogen. Die Klimaanlage sorgte für wohltemperierte Luft, wodurch jeder Essensgeruch schnell verflog. Man vermied es, dass die Kabinen nach Reinigungsmitteln rochen, was das Geschmackserlebnis ebenfalls beeinflusste.

Öffneten sich die Durchreichen, wurden den Probanden die Essensproben und die dazugehörigen Fragebögen gereicht. Gewöhnlich linsten die Leute neugierig durch die Luke. Sie sahen einen hell gekachelten Raum, eine Mischung aus Küche und Chemielabor. Dort arbeiteten Jolinde und Frieder. Sie hantierten an einer Batterie von Konvektomaten und Mikrowellen, bereiteten die Testportionen zu und verteilten sie.

Frieder fragte sich manchmal, warum Jolinde den Aufwand auf sich nahm, die Tests selbst durchzuführen. Sie hätte ihre Produkte wie andere Firmen zur Marktforschung in das sympathische süddeutsche Städtchen Hassloch schicken können. Auf den ersten Blick war Hassloch ein gewöhnlicher Ort mit Kindergärten, Schulen, Bussen und Geschäften, in denen normale Menschen lebten. Der Inbegriff deutscher demografischer Durchschnittlichkeit. In Wahrheit lebten die Hasslocher in einer marktwirtschaftlichen Glasglocke, wo ihre Konsumentscheidungen permanent überwacht wurden. Gläserne Konsumenten, ein Disneyland für Industriebosse.

Als man sich entschieden hatte, einen Versuchsmenschenzoo zu gründen, war die Wahl auf Hassloch gefallen. Davor hatte man die Stadt nur durch die Erfindung der Nivellierungszange oder des Normierblechs gekannt. Hassloch war stolz auf seine Fabrik für Getränkedosen, in der die erste Halbliterdose Bier hergestellt worden war. Inzwischen gingen in Hassloch seit Jahren etliche Lebensmittel vorab in die Markterprobung. Im örtlichen TV-Kabelnetz wurden eigens gedrehte Werbespots für diese virtuellen Produkte gesendet. Das Konsumverhalten wurde mittels Strichcode gescannt. Hassloch, das Instant-Hauptstädtchen der Instant-Welt, in der die Bewohner dieser Scheinwelt nicht mehr wussten, was echt war und was fake.

Im Keller von Tastemaker saßen heute fünfzig Personen und warteten auf die Essensausgabe. In Ermangelung eigener aktueller Food-Ideen wurde ihnen eine Auswahl von Lizenzprodukten serviert, die in anderen Ländern entwickelt und auf dem jeweiligen Heimatmarkt schon erfolgreich waren. Unter den Testprodukten gab es fettfreien Butterersatz mit Buttergeschmack, konfitierten Erdbeerkäse, Veggie-Döner, sprühbares Barbecue-Aroma, und »Monster Giants«, saftige kalifornische Rosinen in der Größe eines Brötchens. Bei einem chinesischen Produkt, laut Übersetzung »Peking-Ente und Spanferkel auf veganer Basis«, brachen vier Kandidaten den Test ab und beklagten sich über Unwohlsein. Nachdem die anderen sämtliche Produkte vorgesetzt bekommen hatten, wurde ihnen für ihre Mitarbeit gedankt, worauf sie mit dem Hinweis, dass die Schecks am Ausgang auf sie warteten, entlassen waren. Der darauf einsetzende Applaus war Frieder peinlich. Er hatte nichts getan, was Applaus verdiente.

»Geschafft.« Jolinde grinste ihn an.

»Nicht ganz«, sagte er mit Blick auf den Berg an Fragebögen. »Ich bin gespannt, ob ich nach der Auswertung etwas finde, das ich für die Präsentation benutzen kann.« Joli war schon an der Tür. »Apropos, ist Hansen mit der Entwickling seines Produkts wirklich so weit, wie er behauptet?«

Mit strengem Lehrerinnenblick sah sie ihn an. »Frieder. Du würdest auch nicht wollen, dass ich ihm vom Stand deiner Arbeit erzähle.«

»Stimmt.« Er lächelte. »Das sollte besser niemand erfahren.«

»Kopf hoch, das wird schon.«

Frieder blieb allein zurück und setzte sich in eine Testkabine. Die Meinungen von Konsumenten, das wusste er, waren reflexartige Momentaufnahmen, die man mit einer positiven Atmosphäre, Schmeicheleien oder einem Präsent manipulieren konnte. Wir alle sind bestechlich, dachte Frieder. Wir sind Rädchen in einer gigantischen Maschinerie. Wenn wir nicht reibungslos funktionieren, werden wir im Handumdrehen durch andere Rädchen ersetzt. Wäre es nicht toll, die Mechanismen selbst zu steuern? Nur einmal selber Maschinist sein, um genau das zu kriegen, was man will! Das wäre das Höchste der Gefühle!

Frieder packte die Fragebögen zusammen, fein säuberlich aufeinandergestapelt trug er sie auf dem Arm. Er hasste Unordnung. Schlimm genug, wie die Bögen aussahen! Essensspuren, unsauber beschriftet, überall Eselsohren. Als er sich dem Aufzug näherte, betrat Hansen gerade die Fahrstuhlkabine. Was hatte der ausgerechnet heute hier unten zu suchen? Hatte er spioniert, während Frieder sich wieder einmal brav an die Regeln gehalten hatte und es bei dem Versuch, etwas zu erfahren, belassen hatte? Frieder lief schneller, die Akten fest an sich gepresst. Hansen sah ihn kommen. Als Frieder nur noch wenige Schritte entfernt war, drückte er den Knopf. Frieder sah noch, wie Hansen ihn hämisch angrinste, dann glitt die Metalltür zu. Frieder bremste, kam ins Schlingern, die Unterlagen entglitten ihm und segelten in hohem Bogen durch die Luft. Wie ein gigantisches Kartenspiel, das neu gemischt wurde, fielen sie zu Boden. Während Frieder die zerstörte Ordnung entsetzt anstarrte, hörte er aus der Kabine Hansens Lachen.

Den chaotischen Papierberg balancierend, schloss Frieder wenig später sein Büro auf. Er ließ die Blätter auf den Schreibtisch fallen und wollte sie sortieren. Als er die Arbeitsfläche dafür bereit machte, fiel ihm Lenas Schlüssel in die Hand. Schweren Herzens platzierte er ihn neben der Tastatur. Er durfte nicht vergessen, ihn zurückzuschicken. Frieder knipste die Lampe an, ein Post-it-Zettel fiel ihm ins Auge.

Toner ist leer! Yvonne

Eigentlich fiel das, wie übrigens auch die Auswertung der Geschmackstests, in Yvonnes Aufgabenbereich. Sie hatte allerdings gelesen, dass Tonerstaub krebserregend sei, seither tat Frieder ihr den Gefallen, die Patronen zu wechseln. Erstaunlich, wie schnell Menschen sich an Gefälligkeiten gewöhnten.

Aus seinem Glaskasten starrte Frieder in die anderen Büros. Wie ein Fisch im Aquarium kam er sich vor. Er konnte die Welt da draußen sehen, aber nicht berühren. Ausgesperrt saß er in einem gläsernen Käfig, alle glotzten und zeigten mit Fingern auf ihn. Er ließ den Blick über seine Kollegen schweifen. Sie hatten ähnliche Biografien, sie besaßen eine Persönlichkeit oder das, was man nach außen als solche verkaufen konnte. Keiner wusste viel vom anderen, die Vermutungen fußten auf dem Image der jeweiligen Person. Saßen sich hier Menschen gegenüber oder Funktionsträger, jederzeit ersetzbar durch das Heer der Jobwilligen, die nachdrängten? Frieder erkannte männliche und weibliche Subjekte, meist heterosexuell. Sie saßen in durchsichtigen Hasenställen und sprachen miteinander am liebsten durch Apparate, oder sprachen besser gar nicht. Distanzkönige, die nur noch schriftlich kommunizierten, per Mail. Die elektronische Post ging aus dem Glasbüro über einen Server im Keller, einen Backbone in Irland, weiter zu einem Router in Pennsylvania, von dort in das andere Glasbüro gleich nebenan. Und das nannte man effizient.

Es soll Zeiten gegeben haben, in denen die Menschen gern zusammen gewesen waren. Wenn Frieder sich umsah, schien ihm die einende Kraft von Menschlichkeit eine Propagandageschichte zu sein, eine Art Durchhalteparole zur taktischen Willensstärkung.

Er widmete sich dem Chaos der Fragebögen. Zunächst musste er die Blätter getrennt auflegen, dann die Handschriften, beiläufigen Kritzeleien und Essensspuren vergleichen und passende Teile zusammensetzen. Bei fünfzig Testpersonen das reinste Puzzlespiel.

Er brauchte für die stumpfsinnige Arbeit den ganzen Tag. Schließlich saß er als Letzter im Büro. Der Reinigungsdienst begann gerade mit der Arbeit.

Zaghaft klopfte es an Frieders Tür. Der ältere Putzmann, der stets pfeifend und trällernd durch die Büros zog, steckte den Kopf herein.

»Darf ich, oder arbeiten Sie noch?«, fragte der Mann mit russischem Akzent.

»Ich brauche noch ein paar Minuten.«

»Dann mache ich erst das Büro nebenan.« Er wandte sich zum Gehen.

»Darf ich Sie etwas fragen?«

»Aber ja.« Der Putzmann schaute Frieder freundlich an.

»Ich frage mich, warum Sie bei diesem Job immer so fröhlich sind?« Er merkte, dass man seine Worte missverstehen konnte. »Verzeihen Sie, ich will Ihren Beruf nicht abwerten ...«

»Das ist nicht mein Beruf«, antwortete der andere. »Ich bin Flugzeugingenieur, vielmehr war ich das früher.«

Frieder schätzte den Mann auf Anfang sechzig. »Das ist toll, Respekt, aber ich meine Ihren Job hier.«

»Es muss Ihnen nicht unangenehm sein, diese Frage zu stellen. Die Antwort ist einfach. Ich habe früher in der UdSSR Kampfflugzeuge entworfen. Inzwischen gibt es junge Ingenieure mit neuen Fähigkeiten, von denen ich nichts mehr verstehe. Das ist der Gang der Welt. Man muss Veränderungen akzeptieren. Die Arbeit hier ist nicht toll, aber es ist besser als in Moskau zu hungern und zu frieren. Ich trage keine Verantwortung, ich bin frei. Ich will Ihnen noch etwas sagen: Es gibt Schlimmeres, als sein Ansehen zu verlieren, das ist, die Freude am Leben zu verlieren.«

Frieder nickte. Der Russe ließ ihn allein. Fröhlich summend schob er seinen Putzwagen aus dem Büro.

5

Frieder lief durch die Nacht. Er dachte an Lena. Wie schön sie war, wie schön es mit ihr gewesen war. Ihren Schlüssel hatte er mitgenommen. Er hätte ihn zurückschicken müssen, aber der Schlüssel war das letzte Bindeglied zu ihr. Außerdem hatte die Post längst zu.

Wahrscheinlich saß Lena gerade im Rubio, dem grässlich angesagten In-Lokal. Seit er und sie nicht mehr zusammen waren, hatte Frieder den Laden gemieden. Vielleicht war die Zeit gekommen, altes Terrain zurückzuerobern. Was hatte er zu verlieren? Sein Ansehen sicher nicht.

Der Hochglanzlack blendete von allen Seiten, das Ambiente war auf Edelladen getrimmt. Frieder suchte sich einen Zweiertisch in der Nähe des Notausgangs. Ein Rundblick sagte ihm, dass Lena nicht da war. Aber sie würde schon noch kommen. Frieder bestellte Weißwein und trank das Glas in einem Zug aus. Verdammt, warum war er nur so nervös? Er winkte den Kellner heran und bestellte einen Premium-Burger aus Wagyu-Rindfleisch. Als er kam, schlang er ihn viel zu schnell hinunter. Sein Magen brannte. Frieder sah keine andere Möglichkeit, als mit einem weiteren Weißwein zu löschen.

Dann wurde es laut. Vom Eingang drang die Stimme seines Kollegen Gelfort herüber, gefolgt von Hansens dumpfer Lache. Frieder stöhnte, diese Leute waren die reinste Heimsuchung! Hansen und Gelfort hatten Jolinde im Schlepptau. Sie trug ein grünes Kleid, das ihre Weiblichkeit unaufdringlich unterstrich. Bevor Gelfort sich setzte, richtete er sein auffallend blondes Haar. Wie ein frisierter Königspudel sah er aus. Gab es etwas Schlimmeres als einen eitlen Bayern? Weitere Tastemaker-Leute kamen ins Rubio, Frieder kannte sie nur vom Sehen. Die Runde setzte sich an einen Ecktisch. Die Unterhaltung war in vollem Gange.

Du hast Probleme mit violett? Man weiß wirklich nicht mehr, welche Aktien man noch kaufen kann. Schau, die Blonde da hinten. Laos ist okay, aber noch angesagter ist Mikronesien. Diese Saison geht nur gestuft, das ist 'ne Mischung aus Retro und Future-Avantgarde. Was denkst du, sind die echt oder aus Silikon? Haben Sie das von Peter gehört? Schrecklich, aber ich konnte ihn ehrlich gesagt noch nie leiden. Das liegt bei Polynesien. Ach, der ist Ihr Bruder, also er ist ja wirklich ein ganz, ganz Netter …

Dazu tranken sie ein mexikanisches In-Getränk, das mit Salzsäure vergoren wurde. Wenn sie wenigstens nur dagesessen und stumm mit ihren iPhones gespielt hätten, dachte Frieder, aber heute war die Atmosphäre aufgeheizt. Sie waren nicht nur angetrunken, sondern *gut drauf.*

»Bekommen Sie noch etwas?« Der Kellner riss ihn aus seinen Gedanken.

»Eine Weinschorle, danke.«

»Ist deine Invitation im Soho House Club endlich durch?«, hörte er Gelforts durchdringendes Organ.

»Noch nicht. Man muss von einem Member als Bürgen empfohlen werden, am besten von jemandem Berühmtem«, antwortete Hansen. »Ich versuche es weiter.«

»Moment mal …« Gelfort hatte Frieder entdeckt. »Ist das nicht der Kurz?« Er winkte ihn zu sich an den Tisch.

Frieder rang sich ein Lächeln ab und grüßte mit dem Weinglas.

»Setz dich her! Ich muss dich was fragen.«

»Ich wollte eigentlich …«

»Keine Widerrede!«

Frieder ging hinüber und schob einen Stuhl neben den von Jolinde. Er nickte zur Begrüßung. Auf der anderen Seite hörte er unterdrücktes Gekicher.

»Der doch nicht«, flüsterte einer.

»Man erzählt sich, du beschwerst dich, weil du eine Mail von mir angeblich nicht bekommen hast?«, sagte Gelfort.

»Nein, ich habe mich nur erkundigt, wie es möglich ist, dass ich nicht im Verteiler bin.« Frieder griff nach seinem Glas, das schon wieder leer war.

»Du solltest erst mal deinen Computer checken, bevor du Beschuldigungen aussprichst«, fuhr Gelfort ihn an.

»Okay, mach ich.« Frieder hoffte, die Sache wäre damit erledigt.

»Was tun Sie eigentlich in der Firma?«, wollte ein Marketing-Trainee wissen.

»Nichts Besonderes.«

»Stimmt!« Hansen lachte lauthals. »Gehen wir später in die No Name Galerie oder ins King Size? Da kommt einer wie Kurz sowieso nicht rein!«

Jolinde lächelte Frieder aufmunternd zu und beugte sich zu ihm rüber: »Warum lässt du dir das gefallen?«

»Er ist ein Arschloch, er kann nicht anders«, flüsterte Frieder ihr zu.

»Kennst du Hansen schon lange?« Sie schob ihre Brille zurecht.

»Viel zu lange. Seit der Grundschule.«

»Und dann landet ihr ausgerechnet in derselben Firma?«

»Pech.« Er beugte sich zu Joli. »Hansen hat BWL studiert, war Produkt-Manager bei Nestlé und ist irgendwann bei Tastemaker quer eingestiegen. Ich habe Lebensmitteltechnik studiert, wollte eigentlich den Hunger in der Welt bekämpfen.« Er seufzte. Die Geschichte von dem kleinen Vogel, den er als Junge gefunden, gepflegt und umgebracht hatte, weil er ihm synthetisch gesüßte Plätzchen zu fressen gab, verschwieg er.

»Was habt ihr zwei für Geheimnisse?« Hansen drängte sich dazwischen. »Erzählst du aus den guten alten Tagen, Kurz? Soll ich auch einen Schwank von dir zum Besten geben?«

»Lass gut sein.« Frieder ahnte, was nun kommen würde.

»Warum lässt du ihn nicht zufrieden«, mischte sich Joli ein.

»Oh! Eine Verbündete! Hätte ich dir gar nicht zugetraut, Kurz! Erinnerst du dich an den Tag, es war dein Geburtstag, glaube ich, wir waren zu fünft und wollten rauskriegen, wer sich traut, gegen den Elektrozaun zu pinkeln. Während wir nur so taten als ob, hat Kurz wirklich drangepinkelt und – naja, es hat irgendwie verbrannt gerochen. Er musste das natürlich seiner Mami petzen, die hat ihn zum Arzt geschleppt. Sein Ding war vorne angesengt, darum haben sie schnipp, schnapp aus Frieder kurzerhand Kurz gemacht!« Hansen blökte vor Lachen. »War nur ein Stück Vorhaut, was, Kurz? Aber in dem Alter sah das schon krass aus.«

Frieder trank einen Schluck. Auch wenn die Kollegen nicht in schallendes Gelächter ausbrachen, ärgerte ihn, dass sogar Jolinde sich ein Lachen verbeißen musste. Als sie ihre Hand tröstend auf seine legte, zog er sie weg.

»Oh, Ringelpietz mit Anfassen? Ich bin dabei!«, rief Hansen und umfasste Jolindes nacktes Knie mit seiner fleischigen Pranke.

»Hast du sie noch alle?« Vehement schob sie seine Hand beiseite.

Frieder hätte sie verteidigen müssen, aber die Sache von vorhin ließ ihn wie versteinert dasitzen.

»Dann gehe ich jetzt wohl besser«, sagte Joli, als er nichts unternahm.

Frieder wollte aufstehen, er wollte es wirklich, und blieb doch sitzen. Der Kellner stellte ein volles Glas Weißwein vor ihm ab.

»Na dann, gute Nacht.« Vorwurfsvoll sah ihn Jolinde an und verließ das Rubio.

Frieder hasste sich dafür, dass er blieb. Joli war die Einzige, die immer zu ihm hielt. Und er verharrte in einer Gruppe von Leuten, die ihm nicht das Geringste bedeuteten. Grinsende Münder, Lippen, die aus Strohhalmen Caipis schlürften, Worte wie Backpfeifen. Dieses Gequatsche! Sprache war eine Fassade, hinter der sich das geltungssüchtige Ego des Sprechers verbarg. Die Sprache, die mit den wenigsten Worten auskam, war die verbreitetste. You know? Und die kürzeste Botschaft war die erfolgreichste. Werbung. Reduktion auf das Wesentliche, Bedürfnis, Instinkt – nur darum ging es. Um sozialen Erfolg, sexuellen Erfolg. Das eine bedingte das andere – Erfolg machte sexy.

Seine Gehörgänge waren zugekleistert. Multitasking war noch nie seine Stärke gewesen. Wenn man ihn ein paarmal im Kreis drehte, war er sofort komplett verwirrt. Aber in seinem jetzigen Zustand war ihm das auch egal. Er ließ sie reden und konzentrierte sich auf etwas in seinem Inneren, einen Film, den er gern vor seinem geistigen Auge abspielen ließ und mit immer neuen Details ausstattete. Ein finsteres Verließ, ein mit allen Schikanen ausgestatteter Folterkeller, und seine lieben Kollegen in zerrissenen Lumpen mit schweren Ketten an die Mauern gekettet. Und wer aufmuckte oder ihm mit dummen Sprüchen kam, war dran. Von wegen, Frieder Kurtsmeier wehrt sich nicht.

Frieders Augen schnellten zwischen den lachenden Mündern umher. Speisereste zwischen den Zähnen wurden sichtbar. Frieder nahm nur noch einzelne, besonders laut herausposaunte Worte wahr.

Frieder trank hastig aus und musste husten. Er täuschte ein Telefonat vor, zahlte an der Theke und ging.

Draußen blieb er ein paar Sekunden stehen. Er wollte all das so gern hinter sich lassen! Der permanente Kriegzustand, in dem sich alle befanden, brachte ihn allmählich um. Frieder bog um die Ecke in eine schwach beleuchtete Straße.

Da war er wieder, der kleine Mann mit dem Hut! Er kam direkt auf ihn zu.

»Guten Abend, was machen Sie denn hier?«, begrüßte ihn Frieder.

»Spar dir das Gesülze, Rocco!«, fuhr der Kleine ihn an. »Her mit dem Geld, dann kriegst du auch deinen Hut! Ich habe keine Lust mehr, damit rumzulaufen!«

Frieder ging darauf ein. »Hören Sie, ich weiß nicht, wie viel Ihnen dieser Rocco schuldet.«

»Fünfzig Piepen.«

»Und dafür bekomme ich den Hut?«

»Mann, Rocco, ja! Stell dich nicht dümmer, als du bist.«

Frieder wusste nicht, ob es am Alkohol lag, aber etwas an der Vorstellung gefiel ihm. Er würde jetzt für einen Augenblick Rocco sein und bekam dafür einen schönen neuen Hut. Ein anderer sein, dachte Frieder, wie oft hatte er sich das gewünscht! Er kramte in seiner Brieftasche, bekam fünfunddreißig Euro zusammen und hielt dem Mann die Scheine hin.

»Mehr habe ich nicht bei mir.« Er lächelte. Der Kleine sah ihn prüfend an. »Rocco würde sagen, greifen Sie lieber zu. Wer weiß, ob wir uns noch einmal wiedersehen.«

Der Mann griff nach dem Geld und gab Frieder den Hut. »Altes Schlitzohr! Man muss höllisch aufpassen, wenn man mit dir Geschäfte macht!«

»Da könntest du recht haben«, antwortete Frieder, betrachtete den Hut in seinen Händen und setzte ihn auf. Er passte wie angegossen.

6

Es hämmerte. Irgendwo hämmerte jemand. Frieder schlug die Augen auf. Wer in aller Welt machte in dieser Herrgottsfrühe einen solchen Höllenlärm? In die Decke verheddert, kroch er aus dem Bett und tastete mit halb geschlossenen Augen die Wand entlang. Das Geräusch folgte ihm. Es hämmerte *in seinem Kopf*. Frieder presste die Hände an die Schläfen, schleppte sich ins Bad und schaffte es gerade noch, den Deckel hochzuklappen. Er setzte sich auf den Toilettensitz und stützte den schmerzenden Schädel in die Hände. Ihm gegenüber das Paris-Hilton-Poster. Sie biss in einen Burger aus Hackfleischimitat, weiße Sauce kleckerte aufs Dekolleté.

Frieder kramte in der Schatulle neben dem Klo. Seine Packung Notzigaretten war noch da, er zündete sich eine an. Der Tabak war trocken und knisterte wie ein Lagerfeuer. Es half seiner Verdauung auf die Sprünge. Dann stellte er zu seinem Entsetzen fest, dass es kein Toilettenpapier mehr gab. Jeden erdenklichen Schnickschnack gab es im Bad, aber keinen Fetzen Papier. Frieders Blick fiel auf den Wäschekorb. Ein rosafarbenes Stück Stoff guckte heraus. Nein, das ging zu weit. Er suchte nach einer anderen Lösung. Andererseits, das rosa Top hatte Lena nie gestanden. Frieder zog es aus dem Korb, schloss die Augen und ließ seine Hände gewähren. Er sah nicht hin, bis die Spülung alles verschwinden ließ. Frieder wusch sich die Hände und verließ das Bad.

Er hatte die Kopfschmerzen kurzfristig ausblenden können. Jetzt kamen sie wieder, und mit ihnen die Erinnerung an den gestrigen Abend. Der Hut fiel ihm ein. Dort lag er neben dem Bett, Frieder hatte nicht geträumt. Er stupste den Hut vorsichtig an, hob ihn auf und sah hinein. *Gucci,* stand da und *Made in Romania.* Auf der anderen Seite die Initialien CCO. Der Hut war neu, er konnte nichts Ungewöhnliches daran entdecken. Ein Hut war ein Hut. *Romania* und *CCO,* las Frieder, *Romania, CCO – ROCCO!*

ROCCO – das war ein Name! Ein Name, der etwas ausstrahlte. Frieder setzte den Hut auf und klatschte in die Hände. Er hatte keine Lust mehr, den Clown der anderen zu geben, keine doppelte Opferrolle rückwärts. Jeder Mensch hatte das Recht, zu bekommen, was das Leben jeden Tag so laut und bunt versprach.

Sartre hatte recht gehabt mit seiner Hölle. Doch im Vergleich mit heute hatte der Philosoph nur einen lauwarmen Vorgeschmack gekannt. Zu Sartres Zeiten war es klar, wohin man ging, wenn man am Leben teilnehmen wollte. Ins Café, ins Theater, man besuchte Lesungen. Diese Zeiten waren vorbei. Schlingensief war tot und Poetry Slam längst ein Witz. Frieder wusste, wo sich heutzutage das Leben abspielte. Er hatte es immer gewusst. Die Realität war jetzt bei Facebook! Die Realität von früher war voll von Losern wie Frieder, die sich an ihre Umwelt anpassten bis zur Unsichtbarkeit. In der neuen Realität hatte jeder die Chance, sich neu zu erfinden.

Ein Profil musste her! Das Bild von jemandem, der Frieder überzog wie eine Tätowierung, der untrennbar mit ihm verbunden war. Er sah es vor sich! Erst bildeten sich Umrisse, dann, unter Tausenden von Nadelstichen, füllte sich alles mit Formen und Farben zu einem fulminanten Gesamtkunstwerk. Ein feuriges, Flammen spuckendes neues Wesen in grellem Neon. Den Namen für sein zweites Ich hatte er auch schon: *Rocco.*

Rocco sollte es an nichts fehlen. Frieder würde ihn mit allem versorgen, was er brauchte, um der ultimative Platzhirsch zu sein.

Als er ins Büro kam, machte er sich sofort an die Arbeit. Er rief die Facebook-Homepage auf, um einen neuen Account zu erstellen und gab den gewünschten Namen ein. Der war natürlich vergeben. Er versuchte es mit *Rocco forte, Rocco Co.,* und schließlich mit *Roc_Co*. Frieder gab eine seiner zahlreichen ungenutzten E-Mail-Adressen an, passierte die Sicherheitskontrolle der verschwommenen Schriftzeichen, übersprang die Information zum Arbeitgeber und landete auf der Seite »Profil bearbeiten«.

Derzeitiger Wohnort: Berlin.

Ich bin: Männlich.

Interessiert an: ❧ Frauen ❧ Männern. Beherzt klickte Frieder in das ersehnte Feld.

Beim Alter gab er die Wahrheit an: 27 Jahre.

Weiter ging es zum *Über mich*-Feld.

Zeig mir dein Facebook-Profil und ich sage dir, wer du bist. Auf dem Weg ins Büro hatte Frieder sich Trendmagazine für

Männer gekauft. Er schlug eines auf. Der Titel war vielversprechend: *Dos and don'ts, um ein Womanizer zu sein.* Es las sich wie eine Anleitung zur Angeberei. Warum nicht? Rocco wollte schließlich alles anders machen als Frieder. Er sollte ein ganzer Kerl werden, eine Rampensau. Frieder trug ein, was er las.

Was mir Spaß macht: *Alles, was sexy ist. Und das bei Tempo 200!*

Mein Lebensmotto: *Das Leben ist ein Spiel.*

Ich sammle: *Erfahrungen.*

Lieblingssportarten: *Schachboxen, Urban climbing, Freerunning.*

Philosophie: *Flexible Monogamie.*

Lieblingszitate: *Nicht, wer die Waffen ergreift, ist der Anstifter des Gemetzels, sondern wer dazu nötigt. / Eine Eroberung weckt stets den Durst nach einer weiteren Eroberung. / Wer täuschen will, findet stets jemanden, der sich täuschen lässt.*

Konnte er das bringen? Frieder war nicht wohl bei der Sache. Er klickte auf die Profile anderer und musste lachen. Übertreibung schien bei Facebook ein Fremdwort zu sein. Er machte weiter.

Per Bildsuche fand Frieder ein passendes Foto für sein Profil. Ein cooler Typ, der an einem atemberaubenden Strand im Sonnenuntergang saß und eine Zigarette rauchte. Das Gesicht erkannte man nicht so genau. Frieder lud das Bild hoch und drückte auf *Änderung speichern.* Der Schöpfungsakt war vollendet. Rocco erblickte das Licht der pixeligen Welt. Es war der 5. August, 10:23 Uhr, die Geburtsstunde des bald wichtigsten imaginären Facebook-Users aller Zeiten.

Binnen Minuten hatte Rocco die ersten Fans.

8 Personen gefällt das!

Frieder stellte fest, dass die Leute mit dem dicksten Ego die ausführlichsten Profile hatten. Alle warteten nur darauf, möglichst viel über sich zu erzählen. Er musste noch mehr eintragen. Frieder blätterte in den Magazinen und verfasste einen fiktiven Artikel in der dritten Person.

Rocco – wohlhabend, distinguiert. Ein Entrepreneur aus gutem Hause. Als weltberühmter Internet-Celebrity pflegt er enge Kontakte zum internationalen Jetset und zu Prominenz aus Film & Musik. Angaben zu seinem Privatvermögen lehnt er aus Understatementgründen ab. Geschätzt wird, dass der angesehene Privatier über beträchtliche Mittel verfügt. Von Vanity Fair *schon vor Jahren unter die »100 wichtigsten Rolemakers« und »Most sexy men on earth« gewählt, führte ihn die Forbes-List lange als einen der »Most Secret Top Performer«, da über ihn so gut wie nichts öffentlich bekannt wird.*

Das meiste, was Frieder las, überschnitt und wiederholte sich, aber er fand noch einen neuen Aspekt.

Verantwortung schreibt Rocco groß. U. a. engagiert er sich ehrenamtlich für Tierbabys in aller Welt sowie – Frieder musste das Magazin wechseln – *für die Kinderkrebsstiftung.*

Er las noch einmal, was er getextet hatte und fand es geschmacklos. Er löschte die letzten Sätze, auch wenn man laut GQ genau damit das Herz einer Frau öffnete. Er improvisierte einfach drauflos.

Anfragen als Dressman schlug Rocco aufgrund seines Intellekts aus. Seine letzte Beziehung mit einem französischen Top-Model zerbrach wegen seiner zahlreichen Verpflichtungen. Herausforderung sucht er in Speedboat-Rennen und ausgedehnten Weltreisen, auf denen er u. a. den schwarzen Gürtel in buddhistischer Meditationstechnik erwarb. Ein moderner Gentleman mit rauen Gewohnheiten.

Frieder fand ein Foto, das bei den Filmfestspielen von Cannes aufgenommen worden war, eine Totale, die an die hundert Leute zeigte. Prominente drängten sich auf dem roten Teppich. Er postete das Bild in seinem Account und markierte einen Mann als Rocco, der einen Hut trug und irgendwie wichtig aussah. Bildunterschrift: *Frühjahr in Cannes. Business as usual.*

Frieder betrachtete sein Werk und fand, das sollte als Selbstdarstellung reichen.

Schon ging es los. Facebook wollte stets wissen, was man gerade tat – ein Instant-Interessierter, ein digitaler Moderator, ein Kontaktemacher und Kuppler, der gern jeden Kommentar an die Welt weiterleitete.

Was machst du gerade?

Frieder überlegte.

Roc_Co. Per Anhalter vom Mond zurück im Leben!

Vor 3 Minuten

14 Personen gefällt das.

14 *Likes* auf einen Streich, und so schnell? Davon hätte Frieder nur träumen können. Wovon träumten die Leute sonst noch? Er dachte an den letzten Chat mit Lena und hatte eine Idee.

Roc_Co. Eben barfuß essen gewesen. Begleitgang: Til Schweiger & seine Neue. Vorspeise Keinohrhase, Zwischengang zweiohriges Stubenküken, Hauptspeise Coq au Vin. Eat the rich!

30 Personen gefällt das.

Schon gab es die ersten Kommentare.

Anna Schäfer Mit Til & seiner Neuen?

Monica Belustigt Yeah! Eat that BITCH!

Eulalia von Eichenhain-Uhland Koko? Väähhääähäääh … Will ich auch! Ich könnte heulen.

Frau Franzi Wie geil ist das denn?

Roberto Blanco Ist Tilli noch in der Stadt? Wusst ich gar nicht. Sag viele Grüße!

Party like a rockstar Von wegen »seine Neue«! Du kannst dem Arsch ausrichten, er hat seine Boxershorts hier vergessen! Wenn er sich nicht meldet, geh ich mit der Story unseres One-Night-Stands an die Presse …

Roc_Co. Take it easy.

Bobby Mexico Hat er dich zur Premiere seines neuen Films eingeladen? Soll ja mal was anderes sein …

Roc_Co. Logisch hat er das.

Bobby Mexico Coolio, dann sehen wir uns dort!

Anfangs hatte Frieder Bedenken. Er kannte Til Schweiger nicht und hatte auch keine Einladung zu dessen Premiere. Dann sagte er sich, dass schließlich alles nur Fiktion war, außer dass die Leute auf Rocco *real* reagierten, weil sie seine Existenz für bare Münze nahmen. Rocco war eine räudige Copycat, ein Maulheld, und gerade das schien anzukommen. Das Netz vergaß ohnehin alles binnen weniger Minuten, auch, dass jemand anderes das Gleiche gesagt hatte. Original und Kopie waren nicht mehr zu unterscheiden, Copyright nur noch eine fromme Idee aus dem letzten Jahrhundert. Das ständige Nachfließen neuer Nachrichten und Posts schwemmte jedes Fitzelchen Inhalt binnen Minuten ins Meer des Vergessens und der Bedeutungslosigkeit. Schon gab es neue, wahnsinnig interessante Postings, die nach Aufmerksamkeit schrien, bevor sie selber Minuten später von neuen verdrängt wurden.

Was Frieder tat, war das Werk eines Blenders und folgte doch nur den Regeln der Logik und der Natur. In der galoppierenden Evolution des Menschen hatte jahrtausendelang die körperliche Überlegenheit gezählt, bevor sie vor wenigen Jahrhunderten der finanziellen gewichen war. Heutzutage tat man sich mit digitaler Beliebtheit hervor. Wichtiger als reale Potenz war der Rang im sozialen Netzwerk. Was früher gegolten hatte, gutes Einkommen, Bildung, ein wenig Besitz, das elterliche Häuschen auf dem Land, galt heute nichts mehr, es war schlicht langweilig. Die alten Biologismen der Anziehung hatten sich an den Kulturwandel angepasst. Früher hatten Frauen vor allem einen Ernährer gesucht, heute wollten sie einen vernetzten Poser. Virtuelle Facebook-Freunde waren eine bessere Schwanzverlängerung als ein realer Porsche.

7

Frieder wusste, was zu tun war. Jahrelang hatte er die Schlagzeilen der Boulevard-Zeitungen in sich aufgesogen, die Artikel in den Männermagazinen und angesagten Trendpostillen. Wie eine Festplatte hatte er Informationen gespeichert und würde Rocco nun damit füttern: Roccos Muttermilch. Er sollte schnell wachsen und groß werden, um Rocco, der Verführer, der Flirtkönig, der Nachtentfessler zu werden.

Ganz gleich, was Frieder postete, er konnte davon ausgehen, dass es da draußen jemanden gab, der es kommentierte. Unablässig schossen die Daumen in die Höhe. Nie zuvor hatte Frieder so viel Aufmerksamkeit, so viele digitale Streicheleinheiten erhalten. Kaum einen dieser Menschen kannte er. Darum ging es bei digitalen Freunden auch nicht, es ging nur um Applaus. Diese Website war die reinste Applausmaschine. Je bekannter Rocco wurde, desto mehr Applaus bekam er. Es war ein Kinderspiel! Oder doch nicht? Amüsierte sich etwa die halbe Internetgemeinde über ihn? Es gab nur einen Weg, das festzustellen. Provokation!

Roc_Co. *Habe eben einen singenden Stein gefunden.*

156 Personen gefällt das.

Vielleicht zu philosophisch. Nicht-Verstehen wurde ja leicht mit Beifall kaschiert.

Roc_Co. *Mein Schwein pfeift.*

236 Personen gefällt das.

Frieder beschloss, es mit Publikumsbeschimpfung zu probieren.

Roc_Co. Mikrobenhirne! Buntstiftlutscher!

396 Personen gefällt das.

Na toll!

Xyzndikk5692o0mdHigr797zw9cKfb.
Daumen hoch.

Immer die gleiche undifferenzierte Reaktion. Offenbar hatte er die Menschen überschätzt. Als er nach der Mittagspause mit den vertrauten Bauchschmerzen aus der Kantine zurückkam, fragte er sich, ob das nur an seinem Magen lag oder an dem miserablen Fraß. Der Arzt fiel ihm ein, Frieder hatte einen Kontrolltermin bei Dr. Khonsari. Im Grunde wollte er gar nicht so genau Bescheid wissen. Jetzt, da ihm endlich vorschwebte, was er mit diesem räudigen Hund von Leben anstellen sollte, wollte er noch nicht abtreten. Zum ersten Mal würde er nicht den Schwanz einziehen. Frieder sagte den Termin in der Praxis ab, betastete seine brennende Magengegend und textete:

> **Roc_Co.** Kann man einen Kantinen-Chef wegen seiner Kochkünste auf Körperverletzung verklagen?

Zu seiner Verwunderung kam das Posting nicht gut an. Keine Daumen, kein Applaus, stattdessen ein ätzender Kommentar.

> **Linda Love** Sag bloß, du gehst in die Kantine? Wie uncool ist das denn?

Schweißperlen bildeten sich auf Frieders Stirn. Mit der Wahrheit verbrannte man sich nur die Finger – Frieders ewiger Fehler. Rocco würde ihn vermeiden.

> **Roc_Co.** Mittagstisch bei Sternekoch Tim Raue. Trotzdem sprenge ich die Scheißkantine in die Luft.
>
> *57 Personen gefällt das.*

Frieder fiel der gewaltige Stapel Testbögen ins Auge, die er auszuwerten hatte. Vor lauter Postings und Freundschaftsanfragen hatte er die Präsentation glatt vergessen. Die Fragebögen würden ihm vielleicht eine Antwort geben, doch Frieder wollte sich seine Hochstimmung nicht durch Arbeit kaputt machen lassen. Er blendete den Stapel einfach aus und konzentrierte sich auf Roccos Leben, in dem es viel vergnüglicher zuging.

Abends verließ Frieder das Büro früher als gewohnt. Während er an den Glaskästen der Kollegen vorbeischlenderte, rief er: »Der Letzte macht das Licht aus!«

Er hatte vor, einem kürzlich abgestorbenen Teil seines Lebens einen Besuch abzustatten. Frieder verließ Tastemaker und lief zum Bus. An Lenas Haltestelle stieg er aus und merkte, dass er feuchte Hände hatte. Was er tat, war nicht richtig. Er zog ihren Schlüssel aus der Tasche, öffnete die Haustür und im ersten Stock ihre Wohnung.

»Lena?«, rief er harmlos.

Keine Antwort, kein Geräusch. Von innen schloss er zweimal ab und machte sich auf den Weg durch die kleine Wohnung. Er betrachtete Lenas Kleider, ihre Post. In der Küche schmierte er sich ein Nutellabrot. In der Spüle stand ein Glas, er hielt es gegen das Licht und suchte den Abdruck, den ihr Mund hinterlassen hatte. An der Stelle trank Frieder einen Schluck Wasser. Er benahm sich, als ob ihre Bleibe noch sein zweites Zuhause wäre, spielte sich eine Normalität vor, die Lena längst zur Vergangenheit erklärt hatte. Er liebte sie immer noch und wollte das warme Gefühl der Vertrautheit spüren, das ihn mit ihr verbunden hatte.

Zu Beginn der gemeinsamen zwei Jahre hatte Lena es als ihre Aufgabe angesehen, ihren liebenswerten Pechvogel vor allem Übel zu bewahren. Frieder hatte sich stets fern vom Leben, wie in einen Kokon eingesponnen gefühlt. Lena hatte das verworrene Wollknäuel Leben entwirrt und gezeigt, wie leicht es war, die Fäden in der Hand zu halten. Wie konnte sie wissen, dass gegen Frieders Verwirrung der gordische Knoten ein läppisches Schnürsenkelproblem war.

Der giftblaue Stoffpudel, den sie ihrer Schwester geschenkt und ein Jahr später zurückgeschenkt bekommen hatte, stand als Wanderpokal auf der Fensterbank. Wieso fiel ihm jetzt erst auf, was für einen schlechten Geschmack Lena hatte?

In der Wohnung war es heißer als draußen. Frieder ging ins Bad, wusch sich Gesicht und Hände, nahm ein Wattestäbchen und reinigte seine Ohren. In der Schale mit Lenas Haargummis lagen auch Kondome. Sie und Frieder hatten keine Kondome benutzt, Lena nahm die Pille. Der Gedanke, dass sie Vorsorge für Sex mit anderen Männern traf, kränkte ihn. Hatte sie ihn während ihrer Beziehung etwa doch hintergangen? Als er einen Schluck Wasser trank, entdeckte er ein gekräuseltes rotes Haar im Waschbecken. Niemand, den er kannte, hatte solche Haare – außer Vincent Maurer. Der 1000-Facebook-Kontakte-Vincent, der Typ, mit dem sie auf der Party getanzt hatte. Frieder sah sich im Bad genauer um. Er brauchte nicht lange zu suchen: Dort hing ein Marken-T-Shirt der Größe XL, im Schränkchen fand er einen Rasierapparat. Der Womanizer musste Lena tatsächlich um den Finger gewickelt haben. Durch Vincents Schuld hatte sie Frieder den Laufpass gegeben. Frieder spürte, wie die Wut in ihm aufstieg. Wie konnte sie sich nur mit dem Muskelprotz einlassen, wie sich so blenden lassen?

Frieder holte die Klinge aus dem Rasierer, zerschnitt das T-Shirt in schmale Streifen und entsorgte es in Lenas Wäschekorb. Darauf nahm er sein Handy und löschte ihre liebevollen Nachrichten, die ihm so viel bedeutet hatten.

Sein Gesicht glühte, hinter der Stirn pochte es. Er musste raus hier. Lenas Schlüssel legte er kurzerhand auf die Küchenanrichte. Über der Eingangstür entdeckte er eine Spinne. Kein Exemplar tropischen Ausmaßes, aber für hiesige Verhältnisse doch ganz ansehnlich. Frieder streckte die Hand aus. Schutzsuchend zog das Tier die Beine an den Körper.

»Grüß Lena von mir«, sagte er, verließ die Wohnung und zog die Tür hinter sich zu.

Auf der Straße blendete ihn die untergehende Sonne, die durch eine Baulücke schien. Ein Megaposter verhüllte Renovierungsarbeiten an einer Fassade. Neben einer Uhr und einem maskulin dreinblickenden Mann stand in riesigen Lettern *Don't crack under pressure.* Frieder las den Satz ein zweites Mal.

Er lief die kleinen Straßen unweit der Alten Schönhauser entlang. Laute House-Musik aus einem Laden ließ ihn stehenbleiben. Im Inneren sah er an den Wänden Spiegel, in die Decke eine Batterie Halogenspots eingelassen. Der Boden war schwarz. Das meiste dort drin war schwarz, auch die Klamotten der Angestellten.

Frieder trat ein. Ihn begrüßten durchwegs Männer. Sie hatten mit ihrem Äußeren viel Aufwand getrieben, gezupfte Augenbrauen, Pomade, getönte Tagescreme und Kajal. Jeder war um

Individualität bemüht, gleichzeitig glichen sie einander wie Klone. Aus ihren Blicken las Frieder, dass er als Fremdkörper eingestuft wurde. Er schaute an sich hinunter. Seine Klamotten waren das Letzte. Er hielt den Blicken stand und steuerte auf den Empfang zu.

»Sie wünschen?«, fragte das Zirkuspferd mit angewinkelten Unterarmen.

»Einen Haarschnitt.«

»Sie können zwischen Auszubildenden, Hairstylisten oder dem Chief Executive Cutter wählen.«

Frieder machte eine gleichgültige Handbewegung. »Ich nehme den Besten.«

»Beratung, Waschen, Schneiden, Styling – fünfundneunzig Euro. Ohne Pflegeprodukte.«

»Genau in der Reihefolge.« Frieder sank in den Sessel.

Nach dem Waschen trat ein gereifter Friseur an ihn heran und stellte sich als Steve vor. Er begutachtete das Ausgangsmaterial.

»Selbst geschnitten?«, fragte er kritisch, umrundete Frieder und zupfte an ihm herum. »Haben Sie sich etwas Spezielles vorgestellt?«

Frieder hob die Hand mit dem Smartphone. »Genau so.« Er zeigte dem Friseur Roccos Facebook-Profilbild.

»Verstehe.« Steve deutete auf Frieders Bartkoteletten. »Und was machen wir mit denen?«

»Weg damit.«

»Gott sei Dank.«

Steve begann zu arbeiten. Frieder lehnte sich zurück und schloss die Augen. Wieso war ihm erst jetzt bewusst geworden, dass er sich verändern musste, wenn er nicht nur virtuell leben wollte? Lena hatte ihm Vincent, den muskelbepackten Brechreiz, vorgezogen, nur weil der Typ besser aussah. Eigentlich musste Frieder ihr dankbar sein. Durch sie hatte er diese schmerzhafte Erkenntnis gewonnen. Wieso sollte er den Spaß nur seinem Alter Ego gönnen? Warum konnte Frieder nicht selbst werden wie Rocco?

Per Smartphone erledigte er Roccos Post. Den Facebook-Freunden teilte er mit, dass Rocco heute einen Makeover-Day durchführe und daher nicht durchgängig online sei. Hunderteinem gefiel das. Rocco bekam Wellness-Tipps, man empfahl ihm Power Yoga, Salzpeeling, Hot Stone Massagen.

Während er Freundschaftsanfragen beantwortete und Steve an ihm zupfte und schnitt, spiegelte sich Frieders Gesicht in der Oberfläche des Handys. Sein Gesicht verschwamm mit dem seiner Kultfigur. Nach und nach wurden Frieder und Rocco eins.

8

»**Jetzt** brauchen Sie aber noch das richtige Outfit«, sagte Steve eine Stunde später. »Sonst kommt mein Werk ja gar nicht zur Geltung.«

Frieder war mehr als zufrieden. Er gab reichlich Trinkgeld und hatte das Gefühl, den Friseurladen als Freund zu verlassen.

Kurze Zeit später trat er in einem gelben Vintage-T-Shirt, grauen Jeans und ausgefallenen, japanischen Sneakern aus dem Klamottenladen daneben. In der Hand trug er eine Tüte, seine alten Kleider hatte er gar nicht mehr mitgenommen. Wie leicht es war, an einem Tag über tausend Euro auszugeben. Er staunte über sich und freute sich auf die Augen der Kollegen. Allein das war jeden Cent wert.

Abends beschloss Frieder, sich zu verwöhnen, nachzudenken, Pläne zu schmieden. Auf dem Heimweg ging ein Sommerregen nieder. Als er in die Wohnung kam, klebten seine Kleider an ihm wie eine zweite Haut. Die Erfahrung hatte Frieder gelehrt, eine *zweite Haut* zu schätzen. Er tauschte die nassen Sachen gegen seinen gemütlichem Bademantel und ließ sich aufs Bett fallen. Rocco loggte sich bei Facebook ein.

Freunde online: 78

Freunde: 341

Noch zu bestätigende

Freundschaftsanfragen: 104

Pit Rakete Hey Rocco! Hab dich neulich im King Size vermisst.

Frieder fand, dass er seine Fangemeinde allmählich ein wenig härter rannehmen sollte.

Roc_Co. King Size? Ist voll abgemeldet! Hatte meinerseits nen Megaabend. Hammerclub. Hammerfrauen. Free drinks!

52 Personen gefällt das.

Pit Rakete Was gabs denn?

Franziska Schnuppe Ja los! Erzähl mal!

Punkt und Komma Lass dich nicht so bitten, Alter. Brauche DRINGEND Tipp fürs Weekend …

Roc_Co. Sorry, ist streng geheim. Ich sage nur so viel: illegaler Club, nicht ohne Grund …

Frieder grinste. Ein Geheimclub, bei dem ihr alle längst Mitglied seid: der Club der Idioten.

Daniel Danielsson Wo? Sag schon!

Ali G. Den Laden gibt's echt?

Punkt und Komma Ich glaub dir kein Wort. Hast du erfunden!

Punkt und Komma hatte recht, Frieder bot ihnen ein reines Fantasieprodukt an. Und es sollte so richtig schön nach Berlin klingen.

Roc_Co. Ihr wisst nichts davon? O je, ganz schön out … Kleiner Tipp: abgerocktes Abbruchhaus, überall Graffitis …

Daniel Danielsson Noch nen Tipp bitte.

Roc_Co. Im Pre-opening auch unter »Hype Club« bekannt geworden. Klingelt's?

Pit Rakete Klar, jetzt wo du's sagst! Da war ich letztens auch. Total illegal, megacool.

Daniel Danielsson War auch schon da. Hammerladen, echt!

Lachend schob sich Frieder ein Kissen in den Rücken. Das Spiel mit Lüge und Realität entzückte ihn. Seiner Fangemeinde schien nichts zu dämlich zu sein: Sie begann, Frieders Hirngespinst detailreich auszuschmücken.

Pit Rakete Krasses Lining übrigens.

Jo Hannesburg Wie »Lining«? Meinst du Koks?

Pit Rakete Nee, Mann. Schlangestehen vor dem Laden.

Jo Hannesburg Ah, Lining, klar

Lena Luna Man hört tolle Sachen von dem Club. Bist du öfter da? ☺
Vor 1 Minute.

Während sich Roccos Jünger in erfundenen Kategorien von Insidertum battelten, tauchte diese Frage auf! Rocco bekam Smileys von Lena! Nach all der zur Schau getragenen Coolness spürte Frieder mit einem Mal Nervosität.

Roc_Co. Logo. Regelmäßig.

Lena Luna Wie bist du reingekommen? Soll so hart sein?

Roc_Co. Ja, megaharte Tür. Hat sich aber gelohnt.

Lena Luna Wärs möglich, dass du auch andere auf die Liste schreibst, zum Beispiel mich? ☺

Frieder war fassungslos. Lena flirtete mit einem Wildfremden, nur um in einen Club zu kommen.

Roc_Co. Schon möglich. Wenn du hältst, was deine Partybilder versprechen.

Lena Luna Oh, echt, die kennst du schon?

Roc_Co. Würde ich mir sonst die Zeit für dich nehmen? Nettes kleines Nichts, das du da beim Tanzen trägst.

Mit Lena flirten, ohne dass sie es wusste, machte Frieder an. Er fand es geil, ein anderer zu sein, Mister Coolness persönlich, Talk of the Town – und Lena fuhr drauf ab!

Lena Luna Wie steht's mit dem Club, nimmst du mich mal mit?

Roc_Co. Dein Wunsch soll in Erfüllung gehen.

Lena Luna Super! Und wie erkenne ich dich?

Das war stärker als stark! Lena war heiß darauf, sich mit einem imaginären Typen in einem erfundenen Club zu treffen! Und das Beste daran: Vincent Maurer schien vergessen zu sein.

Roc_Co. Erkennungszeichen: Ich trage Hut.

Lena Luna Wann soll das steigen?

Frieder hatte Lust, Lena auch einmal abblitzen zu lassen. Sie fraß ihm ja buchstäblich aus der Hand.

Roc_Co. Nicht so ungeduldig. Ich melde mich – irgendwann.

Bevor ihre Antwort durchkam, loggte er sich aus und klappte den Laptop zu. Frieder starrte zur Decke. Sollte es so einfach sein? Stimmte der Spruch, dass immer dort der Regen fällt, wo es schon nass ist? Der Dreiste gewinnt! Ich bin Rocco. Ich war immer schon Rocco, ich hatte ihn nur tief in mir versteckt. Jetzt ist Rocco frei, und nie mehr wird er in das luftleere Nichts zurückkehren, aus dem ich ihn geboren habe.

Mit einem zufriedenen Lächeln schloss Frieder die Augen. Daumen hoch. Das gefällt mir.

9

Tags darauf änderte er im Büro seinen Bildschirmschoner. Er warf die Maus der Katze zum Fraß vor. Frieder trug ein Sommerhemd aus Leinen und eine mittelblaue Hose. Lederhalbschuhe ohne Socken. Nicht zu preppy, zugleich mediterran, Côte-d'Azur-Style. Nach dem ersten Schluck Bürokaffee schüttete er die Plörre weg. Für ihn gab es ab sofort nur noch Premiumkaffee. Caramel Macchiato, wie Vincent ihn trank. In dieser Hinsicht durfte man sich das Ekelpaket getrost zum Vorbild nehmen.

Draußen kündigte leises Grollen ein Sommergewitter an. Vielleicht würde es dann endlich ein wenig abkühlen.

Yvonne, die Assistentin, platzte ins Büro. »Der Toner ist immer noch leer! Ich habe Ihnen einen Zettel hingelegt! Haben Sie den nicht …« Sie stockte, verharrte in der Tür, als ob sie in ein falsches Büro geraten wäre. Ihr kleiner Vogelmund stand offen.

Jovial drehte sich Frieder zu ihr. »Was meinten Sie, Yvonne?«

»Kurz? Äh, Herr Kurtsmeier …?«

Ein Donnerschlag. Der Himmel verdunkelte sich von einer Minute zur nächsten.

»Hat sich erledigt«, murmelte sie. »Ich kümmere mich selbst um den Toner.«

Frieder hatte mit einer gewissen Wirkung seiner neuen Fassade gerechnet, doch das übertraf alle Hoffnungen. Das Outfit, das trendige Haar, das Lächeln eines Siegers – er ähnelte nicht mehr demjenigen, den Yvonne erwartet hatte. Das Büro war gleich geblieben, der Mann darin ein anderer geworden.

Der nächste Donner, ein gleißender Blitz, das Unwetter kam näher.

Yvonne machte kehrt.

»Ach, eins noch, Yvonne«, rief er, als sie schon ein gutes Stück entfernt war. Sie kam brav zurück.

»Sehen Sie das?«, fragte er, als spreche er zu einer Schwachsinnigen. Der Stapel mit den fünfhundert Fragebögen war unmöglich zu übersehen. »Die müssen ausgewertet werden. Ich brauche die Ergebnisse heute noch.«

»Das ist aber 'ne ganze Menge.« Noch nie hatte er die präpotente Assistentin so verdutzt gesehen.

»Ich will mal nicht so sein.« Er legte die Fingerspitzen aufeinander. »Sagen wir bis morgen.«

Yvonne holte Luft, stemmte die Hände in die Hüften, für einen Augenblick regte sich Widerspruch.

»Wollten Sie etwas sagen?«, fragte er kühl.

Yvonnes Aufmüpfigkeit verpuffte. »Äh – nein.«

»Dann will ich Sie nicht aufhalten.«

Sie wandte sich zum Gehen. Die ersten Regentropfen am Fenster ließen die Welt da draußen verschwimmen.

»Yvonne?«

»Ja?«

»Haben Sie nicht was vergessen?« Mit dem Finger dirigierte er sie zu den Fragebögen.

Yvonne umfasste den Stapel. Sie hatte ihre liebe Mühe, die Bürotür hinter sich zu schließen.

Das Gewitter brach mit voller Wucht los. Fette Tropfen klatschten gegen die Scheibe. Für Frieder klang es wie Applaus. Sturzbachartig rann das Wasser am Fenster hinunter. Frieder stand auf und wollte sich das Naturschauspiel näher ansehen, da legten Blitz und Donner vorübergehend den Strom lahm. Es war stockdunkel, die wütende Natur ein einziges Getöse, Frieder kam es vor, als könnte er den Schwefelgestank der Entladungen riechen.

»So weit, so gut«, hörte er in seiner unmittelbaren Nähe.

Das Licht kehrte zurück, auf Frieders Fensterbank saß jemand. Eine Person, die er kannte, aber noch nie gesehen hatte. Diesem Mann leibhaftig gegenüberzustehen, war ein Ding der Unmöglichkeit, doch es passierte. Er trug einen schmal geschnittenen Anzug, anthrazit, mit versetzter Knopfleiste, weißes Hemd, Stiefeletten. Er hatte den Hut in die Stirn gezogen. Mit lässiger Geste applaudierte er.

»Bravo, du scheinst die erste Lektion gelernt zu haben.«

»Lektion?« Frieder brachte kaum einen Ton heraus. »Wer sind Sie?«

»Das fragst ausgerechnet du?«

Frieder wandte den Kopf zur Tür. Wie war der Typ hereingekommen?

»Du bist mein Schöpfer.« Rocco lächelte das berühmte Roccolächeln. »Ich bin deine Kreatur.«

Verführerische Fältchen bildeten sich in den Augenwinkeln, das Grübchen am Kinn zitterte. Dazu die Perlenkette seiner makellosen Zähne.

Das muss meine Krankheit sein, dachte Frieder. Die Magendarmsache geht scheinbar mit Halluzinationen einher.

»Das hat mit deinem Darm nichts zu tun.« Rocco las Frieders Gedanken mühelos. »Du wolltest, dass es mich gibt.«

»Und weil ich es *wollte,* gibt es dich?«

»Nein, weil die Welt es will«, sagte Rocco. »Die Facebookwelt.«

»Der Traum erschafft die Wirklichkeit?«

»Der Style schafft die Gestylten.« Sportlich sprang Rocco vom Fensterbrett. »Und was bist du jetzt bereit, zu tun?«

»Ich sollte schleunigst ... Dr. Khonsari aufsuchen.«

»Das lass mal lieber. Dir geht es bestens. Dir ist es noch nie im Leben so gut gegangen.« Roccos Gesicht kam näher. »Gerade hast du einer Tippse gezeigt, wo der Hammer hängt. Damit willst du dich aber hoffentlich nicht zufriedengeben.«

»Es ist immerhin ein Anfang.« Frieder fasste es nicht, dass er mit seiner Internet-Erfindung diskutierte. *Die Realität ist jetzt bei Facebook,* kam es Frieder wieder in den Sinn.

»Das ist Kinderkacke, Junge, unter deinem Niveau!«

Rocco zeigte auf die Büromäuse in ihren Glaskäfigen, die sich den Anschein von Wichtigkeit gaben. »Du willst glänzen? Vor denen da? Bei diesen Losern willst du punkten? Das ist nicht unsere Liga!«

»Deine vielleicht nicht«, antwortete Frieder eingeschüchtert. »Du bist Rocco, der Zampano, der auf dem roten Teppich durchs Leben spaziert. Für dich werfen sich Frauen weg, damit du dich mit ihnen auf Partys zeigst.«

»Geschenkt.« Rocco machte ein paar Schritte. »Du hast genauso das Potenzial dazu.«

»Nie im Leben.« Frieder stand auf. »Zwischen uns liegen Welten. Ich habe Pickel auf dem Rücken und einen schlaffen Bauch. Bei dir sprengen die Brustmuskeln fast dein Hemd. Ich bin weder schlagfertig, noch besonders gut im Küssen. Du beherrschst das aus dem Effeff.«

»Äußerlichkeiten. Das zählt nicht.« Rocco machte eine wegwerfende Geste. »Zunächst einmal geht es nicht darum, ihr Höschen zu erobern, sondern ihren Kopf! Dann bekommst du das erste ohnehin geschenkt. Du musst sie ins Hirn ficken! Weißt du, was ich meine?« Er schob den Hut in den Nacken. »Sie müssen absolut verängstigt sein, dass du *nicht* mit ihnen ausgehst. Absolut verängstigt!«

»Ich verstehe.« Frieder räusperte sich, um die Beklemmung loszuwerden.

»Aber um die Anerkennung der Meute solltest du dich gar nicht kümmern.«

»Sondern?«

»Mach sie fertig!« Ein gefährlicher Glanz trat in Roccos Augen. »Gib ihnen Saures!«

»Fertigmachen, wen?«

»Jeden, der dich mit Dreck bewirft! All die Mittelmäßigen, die sich einen Spaß draus machen, dir auf der Nase rumzutanzen! Gelfort, dieser eitle Fatzke, oder das Nilpferd, wie heißt der noch?«

»Hansen?«

»Hansen, der dich mobben will. Oder dieser Platzhirsch, der dir das Mädel ausgespannt hat, das du liebst.«

»Du meinst ... Meinst du etwa ...?« Nervös kratzte sich Frieder an der Stelle, wo früher seine Koteletten gejuckt hatten.

»Du weißt genau, von wem ich spreche. Knöpf sie dir vor, mein Freund. Sie haben's alle verdient!«

»Wenn das so einfach wäre.« Frieder lachte, dabei war ihm gar nicht nach Lachen zumute.

»Bei wem möchtest du den Anfang machen?« Gönnerhaft legte ihm Rocco die Hand auf die Schulter.

Frieder brauchte keine Sekunde zu überlegen. »Vincent.«

»Hab ich mir gedacht.« Rocco grinste. Dass Zähne so weiß sein konnten!

»Aber was kann ich gegen den Schwiegersohn vom Chef schon ausrichten?«

»Finde raus, wo seine Schwächen liegen.« Rocco fläzte sich auf die Fensterbank. »Jeder Mensch hat dunkle Flecken in seiner Biografie – außer mir vielleicht.«

Frieder überlegte. »Vincent sieht gut aus, er ist reich und hat die besten Beziehungen.«

»Suche, mein Freund, dann wirst du fündig werden.«

»Suchen? Wo?«

»An einem Ort, wo jeder – auch Vincent – sich aus freien Stücken offenbart.«

»Im Internet?«

»Warm.« Rocco schlug die Beine übereinander.

»Bei Facebook?«

»Heiß!«

»Dazu müsste ich Vincents Passwort kennen.«

»Nichts einfacher als das.« Rocco zeigte auf Frieders leere Kaffeetasse. »Wolltest du nicht einen Kaffee holen?«

»Einen Caramel Macchiato.«

»Hol gleich zwei. Und dann besuchst du deinen Boss und Widersacher.«

Frieder heftete den Blick auf die Tasse. Es war unbestreitbar, dass Rocco es ernst meinte. Und wenn sich einer in diesen Dingen auskannte, dann er. Als Frieder die Augen hob, war der Mann am Fenster verschwunden.

10

Im zehnten Stock des Tastemaker-Gebäudes war alles anders. Hier lag nicht der graue Filzbelag wie in den unteren Etagen. Frieder schritt über Nussholzparkett, in der Hand trug er ein Papptablett mit zwei Bechern Caramel Macchiato. Zeitgenössische Kunst zierte die Wände. Die Sonne durchflutete die Arbeitslandschaft. Die Assistentinnen waren hübscher und freundlicher. Es war die Ebene der Abteilungsleiter.

Vincent Maurers gläserner, mit Chrom eingefasster Schreibtisch, war absurd groß. Dabei fand sich kein einziges Stück Papier darauf, nur ein Telefon, eine Tastatur, ein Monitor. Vincent schien gerade erst ins Büro gekommen zu sein, sein Haar war noch feucht vom Duschen. In der Ecke lag seine Sporttasche.

Lässig trat Frieder ein.

Vincent schaute auf, erkannte den anderen und erkannte ihn zugleich nicht. »Kurz? Sind Sie's wirklich?«

»Guten Morgen, Herr Maurer.« Er war nicht halb so locker, wie er sich gab. Roccos Vorschlag hatte plausibel geklungen. Nun, da Frieder dem Feind ins Auge sah, kamen ihm Bedenken.

»Sie sehen irgendwie … anders aus.«

»Kleine Rundumerneuerung.« Er strich sich über die bartlose Wange.

Vincent beugte sich über die Tastatur. »Was wollen Sie? Ich muss gleich zum Jour fixe.«

»Ich habe mir gerade meinen Caramel Macchiato geholt und dachte, bring Vincent auch einen mit.«

»*Vincent*?« Der Mann im Chefsessel musterte ihn mit Echsenaugen.

»Er ist noch heiß.« Frieder stellte den Becher vor ihm ab.

»Meine Sorte. Danke. Aber jetzt müssen Sie mich entschuldigen.« Er wandte sich dem Monitor zu. Frieder entging nicht, dass er die Facebookseite aufrief.

»Sehr hübsch.« Frieder zeigte auf ein gerahmtes Bild.

»Wie bitte?« Das sonnengebräunte Gesicht kam hoch.

»Ihre Frau – vielmehr Ihre Verlobte. Ein hübsches Foto.«

»Was ist los mit Ihnen, Kurz? Haben Sie von Ihren eigenen Food-Kreationen genascht?«

Frieder lachte amüsiert. »Ich will nicht länger stören. Habe auch irre viel zu tun – und so wenig Zeit.«

Vincent nahm an, das Gespräch sei damit beendet und gab sein Passwort ein. Er tippte es mit den gestreckten Zeigefingern. Es war ein Kinderspiel für Frieder, mitzulesen. *Hamburg1975* – Vincents Geburtsort- und Jahr. Das Kennwort war so einfallslos wie der Mann.

»Sie sind ja immer noch hier«, sagte er, ohne aufzuschauen. Die ersten Facebook-Nachrichten gingen ein.

»Wo trainieren Sie eigentlich?« Frieder deutete auf die Sporttasche.

»Was?« Der Ton wurde ungemütlich.

»Wo Sie trainieren.«

»Ich wüsste nicht, was Sie das angeht. Hauen Sie endlich ab, und machen Sie sich an die Arbeit.« Vincent stützte sich auf die Glasplatte.

»Schönen Tag noch.« Während Frieder ging, hörte er hinter sich den signifikanten Ton eingehender Facebook-Nachrichten.

Auf dem Weg zum Fahrstuhl lachte er über seine Coolness. Kaum zu glauben, wie einfach das gewesen war. Wenn Rocco ihn gesehen hätte!

»Vielleicht hat er das ja«, murmelte Frieder und stieg ein.

»Haben Sie was gesagt?« Erst jetzt bemerkte Frieder den Mann in der Kabine. Es war einer der Unternehmensberater.

»Ich? Nein.« Frieder betrachtete die Stockwerkanzeige. Ob er Rocco je wiedersehen würde?

Zurück in seinem Büro, hängte Frieder das Nicht-Stören-Schild an die Tür, schloss die Jalousien und betrat die blauweiße Facebook-Welt. Als er sicher sein konnte, dass Maurer zum Jour fixe der Abteilungsleiter gegangen war, schickte er als *Roc_Co.* eine Freundschaftsanfrage an Vincents Facebook-Account, loggte sich mit dessen Passwort ein und bestätigte die Anfrage selbst.

»Nicht besonders fein, was wir hier machen, aber was soll's«, sagte er, als ob Rocco im Raum wäre.

Wenig später wurden sämtliche Kontakte von Vincent über dessen neuen Freund benachrichtigt. Kurz darauf tummelten sich die ersten Neugierigen bei Rocco, unter ihnen auch Hansen, der Arschkriecher. Rocco wurde Hansens neuer *Freund.*

Nun folgte der eigentliche Zweck der Übung: Frieder fühlte Vincent auf den Zahn. Was er rasch herauskriegte, war, dass Vincents Frau offenbar nicht bei Facebook war. Zu offenherzig kommunizierte der Womanizer mit aller Welt. Dabei ging es häufig nicht jugendfrei zu.

Vincent Maurer Life is a bitch.

Simply Barbarella Life is a beach, dachte ich.

Vincent Maurer Das kannst du halten, wie du willst. Bleibt die Frage – Penthouse oder Townhouse?

Simply Barbarella Ich bring die Austern mit.

Vincent Maurer Wenn sie frisch sind. Und ich den Schampus.

Simply Barbarella Lassen wir's knacken – und knallen.

Vincents Alben waren randvoll mit Fotos und Videos der pikanteren Art. Der Typ schien allem nachzustellen, was auf zwei gut geformten Beinen ging. Dabei log und beschiss er nicht nur seine Frau, sondern auch jede seiner Gespielinnen. Während Frieder das Revier des Facebook-Casanovas durchforstete, stieß er auf eine Welt mit ziemlich ausgeprägten Vorlieben, angesiedelt zwischen Gangbang, harten Drogen und Edelstrich. Vincent hatte kein präzises Beuteschema, er nahm, was sich bot, auch beim gleichen Geschlecht probierte er sein Glück.

Lena, so viel war klar, war eine unter vielen. Es fiel Frieder schwer, in der Korrespondenz der beiden zu schnüffeln, der Vollständigkeit halber musste es aber sein. Lena schien voll auf Vincent abzufahren, der sich zur gleichen Zeit mit einer englischen Flugbegleiterin und jemandem mit dem Pseudo »Dirty Dörte« vergnügt hatte. Nachdenklich loggte Frieder sich aus.

Knöpf sie dir vor, mein Freund!, waren Roccos Worte gewesen. Frieder hatte Vincents Schwächen gesucht und einen ganzen Katalog von Ausschweifungen gefunden. Was ließ sich damit anstellen? Das Naheliegendste, hätte Rocco vielleicht gesagt: Erpressung. Aber Frieder war überzeugt, er würde auch anders ans Ziel kommen.

Das Gewitter hatte nur kurzzeitig Abkühlung gebracht, das Thermometer stieg wieder auf siebenundzwanzig Grad. Zum Nachdenken musste Frieder etwas essen, hatte aber keine Lust nach draußen zu gehen. Wie gut, dass er im Schrank einen Rest Instant-Müsli fand. Die Packung war fast leer, er goss es mit Wasser auf. Ob sein Magen das Zeug vertragen würde? Frieder stellte fest, dass es ihm seit heute Morgen spürbar besser ging. War Dr. Khonsaris Diagnose doch zu pessimistisch gewesen? Frieder machte die Probe aufs Exempel. Er legte die Beine auf den Tisch, schaute in den makellos blauen Himmel und aß.

Er dachte an Lena, ohne Groll oder Häme. Er gönnte ihr die unglückliche Affäre mit Vincent nicht, sie war auf einen notorischen Sexprotz hereingefallen. Auf einen, dem kein Trick zu gemein, keine Finte zu schmutzig war, um zum Schuss zu kommen. Frieder wollte nicht Rache an Lena, er wollte ihr die Augen öffnen.

Das Müsli schmeckte kernig, gehaltvoll, kräftiger, als er es in Erinnerung hatte. Dabei musste es ziemlich lange im Schrank gestanden haben. Auch seinem Magen schien es zu bekommen.

Unter eigenem Namen loggte Frieder sich ein. Lena war online, das sah er gleich. Die Chat-Anfrage poppte auf.

Lena Luna Kurz?

Frieder Kurtsmeier Hallo, wie geht's?

Lena Luna Sagen wir mal so: Ich musste an dich denken.

Frieder Kurtsmeier Wie nett.

Lena Luna Im Gegenteil! Kannst du dir vorstellen, warum?

Der Besuch in ihrer Wohnung fiel ihm ein. Es war taktlos, possessiv und einfach unmöglich gewesen, in Lenas Apartment einzudringen und in ihren Sachen zu schnüffeln. Frieder wusste nicht, was er sagen sollte. Warum war er nur dann schlagfertig, wenn er in Roccos Fußstapfen wandelte?

Lena Luna Hallo? Bist du noch da?

Frieder Kurtsmeier Ja klar.

Lena Luna Was sollte das in meiner Wohnung, du Freak? Als ich heimkam, habe ich erst ein paar Sachen für Zufall gehalten. Der Schlüssel auf der Anrichte allerdings hat mir die Augen geöffnet.

Er konnte sie förmlich vor sich sehen, wie sie an ihrem Schreibtisch im Büro der Anwaltskanzlei saß, sich eine Haarsträhne hinters Ohr klemmte und vor Ärger rote Flecken kriegte.

Frieder Kurtsmeier Ich weiß, ich weiß. Vielleicht kapierst du aber, dass es für mich wichtig war. Ich wollte von der Bleibe, in der ich glücklich gewesen bin, Abschied nehmen.

Lena Luna Mir kommen die Tränen!

Frieder Kurtsmeier Mach dich ruhig lustig. Mir war es ernst.

Lena Luna Spar dir die Sprüche. Was mich betrifft, wäre mir dein peinlicher Einbruch egal. Aber es gibt jemanden, der über so was nicht lachen kann.

Frieder Kurtsmeier Dein geheimnisvoller Neuer?

Lena Luna Sei froh, dass er sein T-Shirt nicht vermisst. Was soll ich ihm sagen, wieso es zerschnitten wurde?

Frieder Kurtsmeier Am besten die Wahrheit.

Vor Wut nahm Frieder einen großen Löffel Müsli. Lena verteidigte den Mann, mit dem sie ihn hintergangen hatte, ausgerechnet den Typen, für den sie nur eine unter seinen unzähligen Gespielinnen und Gespielen war. Frieder zwang sich zur Ruhe.

Frieder Kurtsmeier Du gibst also zu, dass es einen Neuen gibt?

Lena Luna Sagen wir, da ist jemand, den ich von Zeit zu Zeit treffe.

Frieder lachte in sein stilles Büro. Seine Finger bearbeiteten die Tastatur.

Frieder Kurtsmeier Von Zeit zu Zeit? Er trifft dich, wenn er geil ist! Dann darfst du dich gnadenhalber auf den Rücken legen!

»Das ist der rechte Geist«, sagte jemand hinter ihm.

Erschrocken fuhr Frieder herum. Hatte er nicht abgeschlossen?

»Rocco!«

Der Frauenschwarm stand an den Türrahmen gelehnt, den Hut lässig in die Stirn gezogen.

»Ich dachte, du erscheinst nur …« Frieder stockte. »Irgendwie hatte ich den Eindruck, dass du Blitz und Donner brauchst, um aufzutauchen.«

»Dämliche Theatralik. Das haben wir nicht nötig.«

Frieder kam Roccos Besuch gerade recht. »Was soll ich mit Lena machen? Soll ich ihr sagen, dass sie sich von Vincent verarschen lässt?«

»Das wäre grundverkehrt.« Rocco hob den Finger. »Die Gute muss erst mal Lehrgeld zahlen.«

»Wie funktioniert das?«

»Du wirst ihr eine Falle stellen.«

»Lena – ich? Nein.«

»Keine falsche Sentimentalität. Manche Frauen verstehen nur einen Schlag auf den Hinterkopf oder eine Rosskur. Die wirst du ihr verpassen.«

»Bitte nicht Lena.« Vor Nervosität nahm Frieder wieder einen Löffel Müsli.

»War mein Rat im Fall von Vincent nicht gut?« Rocco breitete die Arme aus.

»Doch, erstklassig.«

»Dann hör auf, den Frauenfreund zu spielen. Mit den Ladys kenne ich mich besser aus.«

»Weiß Gott.«

»Freundlichkeit und Schmuseeinheiten sind okay, aber alles zu seiner Zeit. Lena hat Mist gebaut, jetzt muss sie Strenge spüren.«

Vincent wusste nichts Besseres, als auf Roccos Rat zu hören.

Lena Luna Hallo, Kurz? Bist du noch da?

Frieder Kurtsmeier Mein Name ist Frieder.

Die nächste Frage schickte er mit entschlossenem Lächeln.

Frieder Kurtsmeier Hört dein neuer Märchenprinz zufällig auf den Namen Vincent?

Lena Luna Verschon mich mit deiner Eifersucht. Dafür ist es echt zu spät.

»Lass sie damit nicht durchkommen.« Rocco öffnete die Jacke.

»Was soll ich sagen?« Frieder hielt die Finger über den Tasten.

»Dass du ihre faulen Ausreden nicht hören willst. Sie soll Klartext reden.«

Frieder Kurtsmeier Ich finde, nach einer zweijährigen Beziehung habe ich mehr Ehrlichkeit verdient.

Rocco verdrehte die Augen. »Ach Junge, du lernst es nie. Nagel sie fest!«

Frieder Kurtsmeier Ist es Vincent, ja oder nein?

Lena Luna Na gut, du kannst es ruhig wissen. Ja, es ist etwas zwischen Vincent und mir. Nicht nur eine Bettgeschichte, es ist eine gefühlsmäßige Bindung.

»Die ist verrückt!« Frieder schaute zu Rocco auf. »Der Rotschopf fickt ihr das Hirn raus, kommt und geht, wann es ihm passt, und sie faselt was von *gefühlsmäßig.*«

»Sieh es doch mal so«, Rocco legte die Fingerspitzen aufeinander, »Vincent ist eine Krankheit. Und du bist der Doktor, der sie davon heilen wird.«

Lena Luna Die Sache mit dem T-Shirt habe ich ihm verschwiegen, aber das war das allerletzte Mal, dass ich dich in Schutz genommen habe. Du weißt, wenn Vincent die Sache mit dem Schlüssel erfährt, bist du deinen Job los.

Das schlug dem Fass den Boden aus! Frieder tippte, ohne auf Roccos Rat zu warten.

Frieder Kurtsmeier Dein Vicent hat eine Verlobte, die Tochter des Tastemaker-Chefs! Glaubst du, er schmeißt seine Karriere hin und verlässt sie – für dich?

Lena Luna Vincent hat mir alles über ihre Krankheit erzählt.

Frieder Kurtsmeier Krankheit? Hä? Bitte was?

Lena Luna Die Ärmste hat Krebs, Endstadium. Er will nur noch so lange bei ihr bleiben, bis sie dahingegangen ist. So viel Pietät hat er nämlich. Und selbstverständlich werde ich so lange auf ihn warten.

»Arggh! Mamma!« Frieder tobte am Terminal, dass der Monitor wankte. »Das darf nicht wahr sein! Die Hyäne Vincent erzählt ihr den größten Schwachsinn, und sie fällt auch noch drauf rein!«

Über Frieder gebeugt, betrachtete Rocco den Bildschirm. »So eine miese Story ist selbst mir neu. Da hilft nur noch schweres Geschütz.«

»Was heißt das?«

»Du wirst sie von der Vincent-Sucht befreien. Dazu musst du ihn in ihren Augen vernichten.«

»Wie soll das gehen?«

»Eins nach dem anderen.« Rocco zeigte auf den Bildschirm. »Mach Schluss.«

»Einfach so?«

»Mit Labern ist keinem geholfen. Los, raus aus dem Chat.«

Lena Luna Jetzt hat es dir die Rede verschlagen, was? Rücksichtnahme, wie Vincent sie zeigt, ist für dich ein Fremdwort!

Frieder Kurtsmeier Träum weiter! Ich muss los.

Lena Luna Untersteh dich, und lass mich einfach hier sitzen!

Frieder wollte darauf antworten, Rocco verbat es mit einer Geste.

Frieder Kurtsmeier See U.

Und loggte sich aus.

»Das war Schwerstarbeit.« Er nahm die Müslischale und ließ sich gegen die Lehne fallen. Knirschend futterte er das Zeug in sich hinein.

»Darf ich fragen, was du isst?« Rocco lächelte heimtückisch.

»Siehst du doch, Müsli.«

»Vielleicht hättest du besser aufs Ablaufdatum geachtet.«

Mit offenem Mund ließ Frieder den Löffel sinken. Darauf bewegte sich etwas. Auch in der Schale ging es lebendig zu. Ungeziefer in allen Größen, Mehlwürmer, Vielfüßler. Sie hatten dem Müsli seine überraschende Knusprigkeit verliehen.

»Reines Eiweiß, sehr bekömmlich.« Rocco tätschelte Frieder die Wange. »Du bist ein Feinschmecker.«

Als Frieder die Schale angewidert von sich stieß, war Rocco bereits verschwunden.

11

»**Wie** weit sind Sie mit der Auswertung des Food-Testing?«

Der Chef war am Telefon.

Frieders Tatendrang in Sachen Lena erfuhr einen Dämpfer, die Arbeitsrealität holte ihn ein. »Ich arbeite daran, Herr Schermann.«

»Immer noch?« Der Chef klang ungeduldig. »Hansens Testergebnisse habe ich längst auf dem Tisch.«

»Bedenken Sie, ich muss die Tests von fünfzig Personen mit maximaler Produktanzahl sichten.«

»Mir sitzen die Unternehmensberater im Nacken. Die lassen sich nur durch optimale Effizienz besänftigen.«

»Ich stehe kurz vor dem Abschluss.« Während Frieder mit Schermann sprach, wählte er Yvonnes Nebenstelle, um sich nach dem Stand der Dinge zu erkundigen. Sie nahm nicht ab.

»Einen groben Überblick werden Sie wohl schon haben. Welches Produkt schneidet am besten ab?«, fragte der Chef.

Frieder hatte nur noch undeutlich in Erinnerung, was den Probanden vorgesetzt worden war. »Vereinfacht dargestellt könnte man sagen, der Veggie-Döner löste bei den Versuchspersonen eine zufriedene … äh, Reaktion aus.« Er schwafelte ins Blaue.

»Der Döner?« Schermann klang interessiert. »Die gute alte Hausmannskost des Stadtindianers kommt also am besten an.«

»So ist es.« Frieder sprang auf den Zug auf.

»Ehrlich gestanden hätte ich auf die Peking-Ente-Spanferkel-Kreation getippt.«

»Hier gibt es auch positive Feedbacks. Genau wie auf den Butterersatz mit Buttergeschmack.«

Durch die Glaswand schaute Frieder zu Yvonnes unbesetztem Arbeitsplatz. Sie hätte aus der Mittagspause längst zurück sein müssen.

»Bleiben Sie am Ball, Kurtsmeier. Ich schätze Sie, Ihnen fehlt nur manchmal der nötige Drive.«

»Ich tue mein Möglichstes, Herr Schermann. Selbst wenn es die ganze Nacht dauert.«

»Wir zeigen den Unternehmensberatern, dass Tastemaker immer noch die Nummer eins ist!«

»Das werden wir, Chef.«

»Die Präsentation steht in Kürze bevor. Auf Ihre Food-Kreation bin ich besonders gespannt.«

»Ich bin praktisch fertig«, antwortete Frieder mit belegter Stimme. »Ich bastle nur noch an der richtigen Oberflächengestaltung.«

Er hasste Lügen. Bei dieser schamlosen Lüge drehte sich ihm der Magen um.

»Ausgezeichnet. Das Auge isst mit, das dürfen wir nie vergessen.« Schermann legte auf.

Bedrückt ließ Frieder den Hörer sinken. Er mochte den alten Mann an der Spitze der Pyramide durchaus und hasste sich dafür, ihn zu enttäuschen.

»Rocco, wo bist du?«, flüsterte Frieder. »Kannst du mir bei dieser Sache nicht beistehen?«

Rocco ließ sich nicht blicken.

Da war er wieder, der Druck im Magen. Der Schmerz, das Rumoren, als ob die Mehlwürmer, die er gerade verspeist hatte, in seinem Bauch weiterlebten. Hastig suchte er Dr. Khonsaris Nummer heraus. Es dauerte mehrere Minuten, bis Frieder durchgestellt wurde.

»Hallo, Doktor, hier Kurtsmeier.«

»Herr Kurtsmeier. Sind Sie im Bett geblieben, wie ich Ihnen geraten habe?« Khonsaris Stimme klang, als ob er gerade essen würde.

»Im Bett? Eigentlich nur nachts.«

»Halten Sie Diät?«

»Aber ja.« Frieder improvisierte. »Ich achte auf eine proteinreiche Ernährung. Doktor, beim letzten Mal standen noch Untersuchungsergebnisse aus. Wissen Sie inzwischen mehr?«

»Allerdings.«

Täuschte sich Frieder, oder hatte Khonsari gerülpst?

»Lässt sich schon sagen, wie … Ich meine, Ihre Diagnose?«

»So etwas bespreche ich grundsätzlich nicht am Telefon.«

»Ich fühle mich seit letztem Mal viel besser, eigentlich ganz gesund. Wenn Ihre Befunde das bestätigen, könnten Sie es mir doch sagen.«

»Ich bin da auf etwas gestoßen.«

»Ach ja?« Frieder ließ die Luft ausströmen.

»Ich hatte eigentlich gehofft, dass ich nicht darauf stoßen würde.«

»Worauf?« Frieder hatte einen Kloß im Hals.

»Machen Sie einen Termin, Herr Kurtsmeier. Kommen Sie vorbei, dann reden wir in Ruhe über alles. Wir machen immer einen Schritt nach dem anderen. Nichts geschieht, bevor wir nicht alle Fakten vorliegen haben.«

»Was könnte denn *geschehen*?«

»Die Therapie wird ganz persönlich auf Sie abgestimmt.«

»Ich danke Ihnen, Doktor Khonsari.«

Am Boden zerstört legte Frieder auf. Es ist vorbei, dachte er. Ich stehe im Angesicht der Ewigkeit. Nicht erst in Jahren oder Jahrzehnten, sondern schon bald.

In diesem Moment hätte er mit jedem Menschen in diesem Gebäude gern getauscht. Jeder andere wollte er lieber sein, nur nicht Frieder Kurtsmeier. Mit Leichenbittermiene loggte er sich bei Facebook ein – als Rocco. Einen Moment fragte sich Frieder, ob Rocco, da er jetzt leibhaftig lebte, damit einverstanden war, dass Frieder sein Pseudo benutzte.

Roc_Co. Hey Leute, die Welt ist zu klein für mich. Kann sein, dass ich mich bald auf und davonmache.

28 Leuten gefällt das.

Mister Money_Penny Lieber Freitod als Rente mit 67! Es lebe die Freiheit!

Roc_Co. Wen interessiert schon Rente? Ich bin ein Stern, der vor dem Rentenalter verglüht.

76 Leuten gefällt das.

Vincents_Amigo Stimmt! Da nutzt dir weder dein Porsche Boxster noch die Villa in Monaco was.

Mister_Money_Penny Nix geht über den Porsche Speedster, du Rocker!

Abel F Mit deutschen Autos, deutschem Geld, bin ich überall der Held. Sogar im Jenseits!

Frieder fand, der Chat nahm einen unerwünschten Verlauf. Kopfschüttelnd überflog er Dutzende weitere sinnfreie Kommentare. An der Spaßgesellschaft perlte alles ab, sogar die Suche nach dem letzten Sinn. Es war zwecklos, sich mit diesen Idioten metaphysisch auszutauschen, er schaltete wieder in den Spaß-Modus.

Roc_Co. Hauptsache im Nirvana sind heiße Frauen am Start!

174 Leuten gefällt das.

Roc_Co. Kann man Bürogolf auch von Wolke zu Wolke spielen? Ich will da oben schließlich nicht auf jeden Spaß verzichten.

Vincents_Amigo Wie wärs mit Hausfrauen-Casting auf Wolke 7?

Draußen sah Frieder Yvonne an ihren Arbeitsplatz zurückkehren, loggte sich aus und öffnete die Tür.

»Yvonne!«

Sie tat, als sei sie beschäftigt.

»Bringen Sie mir die Unterlagen!«

Arglos sah sie ihn an. »Ich bin noch nicht ganz fertig.«

»Natürlich sind Sie noch nicht fertig!« Sein Ton war so ungewohnt scharf, dass die Belegschaft in den Glaskästen aufschaute. »Weil Sie die Mittagspause zu einem Kurzurlaub ausdehnen.«

»Erlauben Sie, Herr Kurtsmeier. Ich war nur ein paar Minuten ...« Yvonne nestelte an ihrem Reißverschluss.

»Verschonen Sie mich mit Ausreden. Ich brauche die Zahlen, und zwar prontissimo. Oder soll ich Schermann sagen, dass meine Assistentin den Arbeitsablauf behindert?«

»Das werden Sie doch nicht – Herr Kurtsmeier!«

»Heute Abend, Schlag sieben, habe ich die Tabellen auf dem Tisch!«

Er schlug die Tür zu und kehrte an seinen Schreibtisch zurück. Frieder wagte nicht, sich umzudrehen. Gewiss starrten sämtliche Kollegen zu ihm herein. So hatten sie ihn noch nie erlebt. So hatte er sich selbst ja nie erlebt! War das Roccos Einfluss?

Als er sich dem Computer zuwandte, hatte sich dort etwas verändert. Jemand schien einen Link zu YouTube geklickt zu haben. Oder war es einer dieser verdammten Cookies, die das Programm automatisch aktivierten? Ein Videoclip wurde abgespielt. Man sah einen Wagen am Rande einer wenig befahrenen Straße. Als Frieder das Auto genauer betrachtete, kam ihm das Modell bekannt vor. Ein schneeweißes Cabrio, das Verdeck geöffnet. Saß darin nicht, den Kopf bequem zurückgelegt, Vincent Maurer?

Frieder wollte das Video auf Anfang stellen, seltsamerweise ließ sich der Clip nicht manipulieren. Wenn er lief, lief er, und zwar bis zum bitteren Ende.

Mit geschlossenen Augen hielt Vincent sein Gesicht in die Sonne. Er hörte Schritte im Kies, regte sich aber nicht. Das kam Frieder seltsam vor. War es nicht natürlich, aufzublicken, wenn sich jemand an so einem verlassenen Ort näherte? Vincent lächelte. Die Schritte wurden lauter, jemand legte ihm von hinten die Hand auf die Schulter.

»Ciao, Amore, du kommst spät«, sagte Vincent. »Setz dich rein und fang mit der Massage an.« Erwartungsvoll öffnete Vincent sein Hemd und spreizte die Schenkel.

Frieder fragte sich, ob er vielleicht auf der Pornoseite von YouTube gelandet war.

»Worauf wartest du?« Vincent leckte sich die Lippen.

Die Person hinter Vincent trat ins Bild.

»Sie haben da eine ziemliche Schwellung in der Hose«, sagte Rocco. »Das sollte sich mal ein Arzt ansehen.«

Als hätte ihn etwas gebissen, fuhr Vincent hoch, die erotische Stimmung war verflogen.

»Wer sind Sie? Was wollen Sie hier!«

»Das würde ich auch gern wissen!« Frieder beugte sich so dicht vor den Bildschirm, dass er die LED-Pixelung ausmachen konnte. Wie kam Rocco auf YouTube, und was machte Vincent in dem Clip? Wie kam eins zum anderen?

»Wer sind Sie?«, wiederholte Vincent und zog das Poloshirt über die Beule in seiner Hose.

»Ich arbeite für jemanden, dem Sie nicht den gebührenden Respekt entgegenbringen.«

»Sie sind nicht ganz dicht, Freundchen!«

Vincent hievte sich aus dem Wagen, durchtrainiert, zornig und gewaltbereit. Als der rothaarige Bulle und der geschmeidige Rocco einander gegenüberstanden, gab es kaum einen Zweifel, wer in der Auseinandersetzung als Sieger hervorgehen würde.

»Wer ist Ihr Auftraggeber?«, blaffte Vincent.

»Jemand, der es nicht mag, wenn man ihn unterschätzt.«

»Das mag ich auch nicht«, erwiderte Maurer. »Verschwinden Sie, oder ich muss deutlicher werden!«

Als Rocco nicht reagierte, holte Vincent zum Schlag aus. Es war ein Hieb in den Magen, der jeden Gegner von den Füßen geholt hätte. Nicht Rocco. Mit einer Drehung wich er aus, packte Vincents Arm und nutzte den Schwung, um ihn nach vorn zu reißen. Vincent landete im Kies.

»Bei Ihrem Blutdruck sollten Sie's langsamer angehen.« Rocco hatte sich kaum bewegt.

Mit rotem Kopf sprang Vincent auf und wollte seinen rechten Dampfhammer in Roccos Gesicht parken. Der parierte mit einem Age-Tsuki-Stoß, ließ einen Fumikomi folgen und Ashi-Barai, den berüchtigten Fußfeger. Zum zweiten Mal lag Vincent im Staub.

»Ich möchte Sie nicht verletzen.« Roccos Atem ging so ruhig, als ob er schliefe. »Hören Sie mir lieber zu, Vincent. Ich darf doch Vincent zu Ihnen sagen?«

Verdreckt und verdutzt schaute der andere hoch, Blut sickerte aus seinem Mundwinkel. »Woher wussten Sie, wo Sie mich finden? Niemand kennt diesen Treffpunkt, außer ...«

»Außer Ihrem männlichen Rendezvous.«

Vincent schnappte nach Luft. »Wovon reden Sie, Mann?«

»Von Mario. Er ist zwanzig, er ist Assistent bei Tastemaker, und Sie lassen sich's von ihm besorgen.«

Vincent schwieg fassungslos.

»Durch Sie hat er den Job gekriegt, und dafür nimmt er Ihren Schwanz in den Mund. Gegen das Arrangement wäre nichts zu sagen, säße daheim nicht Ihre bezaubernde Verlobte, die davon ausgeht, in Ihnen den Richtigen gefunden zu haben.« Rocco lächelte. »Wie man sich in der Liebe doch täuschen kann.«

»Wer schickt Sie?« Vincents Stimme war nur noch ein Hauch.

»Mein Auftraggeber ist ein geduldiger Mann, der für vieles Verständnis hat. Er hat allerdings kein Verständnis dafür, dass es in der Firma Ihres Schwiegervaters keine Stellung gibt, die seiner Qualifikation entspricht.«

»Wer ist es?«, brüllte Vincent rotgesichtig.

»Ich arbeite für Frieder Kurtsmeier.«

»Mannomann«, flüsterte Frieder vor dem Bildschirm. Regungslos verfolgte er das Geschehen.

Vincent konnte sich ein Lachen nicht verkneifen. »Sie arbeiten für Kurz? Das Würstchen aus dem sechsten Stock?«

»Damit fängt es schon an.« Bekümmert schüttelte Rocco den Kopf. »Herr Kurtsmeier möchte diesen Spitznamen in der Firma nicht mehr hören.«

»Ist mir scheißegal, wie die Null gerufen wird!«

»Es dürfte Ihnen aber so kurz vor der Hochzeit nicht egal sein, wie Ihr Schiegervater zu Ihrem ausschweifenden Lebenswandel steht.«

»Sie wollen mich erpressen?«, brauste Vincent auf.

»Ich schätze Ihre rasche Auffassungsgabe.« Rocco schloss sein Sakko. »Wenn Sie nicht wünschen, dass Schermann von der Affäre mit Mario Wind kriegt – oder seine Tochter – oder sämtliche Kollegen in der Firma, sollten Sie Herrn Kurtsmeier gewisse Gefälligkeiten erweisen.«

»Zum Beispiel?«

»Hände weg von Lena.«

»Lena ... Lena?« Vincent musste tatsächlich überlegen. »Die Anwaltsgehilfin mit der miesen kleinen Wohnung, die hat's Kurtsmeier angetan?« Vincent gewann sein Selbstvertrauen zurück. »Genau, sagen Sie ihm, er kann sie haben. Ich schenke sie ihm. Er soll sie bewusstlos ficken!«

»Von mir aus. Sonst noch was?«

»Herr Kurtsmeier ist eine Koryphäe in seinem Fach. Er kriegt daher den Job, auf den Hansen scharf ist.«

»Das kann ich nicht machen«, antwortete Vincent nüchtern.

»Das will ich auch nicht!«, mischte Frieder sich ein, als ob die beiden auf YouTube ihn hören könnten. »Nicht auf diese Weise!«

Rocco drehte sich um und schaute Frieder in die Augen. »Das willst du nicht?«

»Nein. Ich schaffe es allein.«

»Bist du sicher?« Rocco schob den Hut zurück und kratzte sich an der Stirn.

»Ich will nur Lena wieder. Lass den Mann zufrieden.«

»Schön, wenn du's so haben willst.«

»Mit wem reden Sie?« Vincent stand neben seinem Wagen und glotzte dorthin, wo für ihn nichts zu entdecken war.

»Ich melde mich wieder bei Ihnen.« Rocco tippte ihm gegen die Brust. »Und vergessen Sie nicht, Hände weg von Lena!« Damit ließ Rocco ihn stehen und ging über den Kiesweg davon.

Der Clip endete, das Bild fror ein.

Frieder lehnte sich zurück und versuchte zu begreifen, was passiert war. Es war nicht zu begreifen. Er kam zu der Erkenntnis, dass nichts so unbegreiflich sein konnte, dass es im Internet nicht existierte.

12

Nur einer konnte Frieder helfen, die Präsentation erfolgreich zu bestehen, das war Jolinde. Nicht nur deshalb fuhr er ins Untergeschoss der Firma. Frieder mochte Jolinde, sie waren einander ähnlich. Auf seltsame Weise glaubten sie daran, dass ihre Arbeit wichtig war und dazu beitrug, die großen Ernährungsprobleme der Welt zu lösen.

Er fand Jolinde im hintersten Raum der Forschungsabteilung, wo sie den Ratten frisches Wasser hinstellte. Tastemaker vertuschte gern den Umstand, dass noch immer Tierversuche nötig waren, um Lebensmittelzusätze zu testen. Daher hatten nur die wenigsten zu den Käfigräumen Zutritt. Die Versuchsreihen waren teilweise vom Gesetzgeber vorgeschrieben, zum anderen wollte man bei der Unbedenklichkeit eines Produkts sichergehen, bevor der Konsument womöglich das Gegenteil herausfand.

»Das ist eine nette Überraschung.« Sie hielt ihm einen Sack Heu hin. »Kommst du mit, die Kaninchen füttern?«

In den Käfigen raschelte es. Frieder fand, das Leben der Tiere war dem der Büro-Karnickel ein paar Stockwerke höher nicht so unähnlich. Er gab den Hasen Futter und sah ihnen beim Mümmeln zu.

»Werden die alle nach den Testreihen umgebracht?« Er hielt einen Finger durch das Gitter, das Kaninchen schnupperte daran.

»Das nicht. Aber eine Schande ist es trotzdem.« Sie ging von Käfig zu Käfig und füllte die Wasserschalen. »Wenn man die Uhr zurückdrehen und nur natürliche Geschmacksstoffe verwenden würde, könnte man ihnen dieses Leben ersparen. Aber solange ihr euch da oben Sachen ausdenkt, die immer extremer schmecken müssen, sieht es für die Viecher schlecht aus. Da muss ich mit der Chemiekeule arbeiten.«

Sie wuschen sich die Hände und kehrten ins Labor zurück.

»Ich habe noch keine Idee für die Präsentation«, rückte Frieder mit seiner Sorge heraus.

»Weshalb hast du den Termin verschlafen? Wenn du dich mehr reinhängen würdest …«

»Wäre ich schon so weit wie Hansen.« Sie betraten Jolindes Reich. »Wie sind übrigens die Testreihen bei seinem Kaugummi verlaufen?«

»Netter Versuch.« Sie grinste.

»Sag doch mal.«

Er strich an den Apothekerschränken vorbei, wo Joli ihre Schätze aufbewahrte.

»Vergiss es. Wie sieht es mit unseren Food-Tests aus?«, fragte sie. »Das war quasi mein Beitrag, deinen Hintern zu retten. Du hattest zehn Produkte zur Auswahl.«

Er brachte es nicht über sich, zuzugeben, dass die Fragebögen noch nicht ausgewertet waren. »Was den Veggie-Döner betrifft, mache ich mir Hoffnungen.« Es klang wenig überzeugend. Frieder setzte sich auf Jolindes Arbeitsstuhl. »Was soll's? Ich habe es verbockt. Soll Hansen seine große Kaugummi-Show abziehen.«

»Huuu, da hat ja einer richtig miese Laune.«

»Im Gegenteil.« Er hob den Kopf. »Ich habe gerade einen witzigen Clip auf YouTube gesehen.«

»Mir machst du nichts vor.« Jolinde nahm die Brille ab. »Es ist an der Zeit, dich auf andere Gedanken zu bringen. Dann fliegen dir die Ideen nur so zu.«

»Was heißt das?«

»Mir ist nicht entgangen, dass du dich seit Kurzem ziemlich runderneuert hast.« Sie glitt den Ärmel seiner Jacke entlang. »Schickes Outfit.«

»Danke.«

»Ich will heute einen neuen Club auschecken. Illegal und absolut underground. Hast du Lust, mitzukommen?« Ihr Lächeln war verheißungsvoll.

»Wann?«

»After midnight?« Sie steckte die Brille in ihre Brusttasche.

»Cool.«

»Du bist also mein Date?« Sie kam so dicht heran, dass ihm der Chemiegeruch ihres Labormantels in die Nase stieg. »Freut mich. Und jetzt muss ich wieder arbeiten.«

»Ich dachte, du hilfst mir …«

Sie schob ihn zur Tür. »Keine Zeit. Ich hab nicht so ein flottes Leben wie die Herren Food-Designer.«

Frieder verließ den Keller. Im Fahrstuhl fiel ihm ein, dass er – oder besser Rocco – Lena mit einem illegalen Club heißgemacht hatte, der gar nicht existierte. Nun war er wirklich in so einen

Geheimclub eingeladen worden, und diesen Laden gab es tatsächlich! Ungeahnte Möglichkeiten eröffnete sich vor Frieders geistigem Auge und ließen ihm keine Ruhe mehr.

Im dritten Stock glitt die Tür auf. Vincent Maurer stieg ein.

Frieder hielt den Atem an. Ein YouTube-Clip war eine Sache, dem Juniorchef Auge in Auge gegenüberzustehen, eine andere.

»Hallo, Herr Maurer«, sagte er so harmlos wie möglich.

»Hallo, Kurz ... äh, Kurtsmeier.« Auch Vincent schien verblüfft. »Wie sind Sie eigentlich zu diesem Spitznamen gekommen?«

»Bloß eine Verballhornung meines Namens.«

»Sie sollten sich das nicht gefallen lassen.« Vincent stellte sich neben ihn.

Frieder suchte nach Spuren von Schlägen, die der Rotschopf hatte einstecken müssen. War der Kampf Wirklichkeit gewesen, oder war es nur ein Fake wie Rocco selbst?

»Sie haben Lebensmitteltechnik studiert, ist das richtig?«, fragte Vincent.

»Stimmt.«

Gemeinsam beobachteten sie, wie die Stockwerkanzeige nach oben kletterte.

»Da steht Ihnen der Sinn wahrscheinlich nach Höherem, als sich mit Puddingsorten zu beschäftigen?«

Frieder sah ihn von der Seite an. Vincents Ausdruck verriet nicht das Geringste.

»Sie und Hansen sind unsere Top-Designer«, sagte er. »Das ist Ihnen hoffentlich bewusst.«

Der Ton, die Höflichkeit, Vincents ganzes Verhalten war wie ausgewechselt. Frieder hätte darauf gewettet, dass der Juniorchef tatsächlich von Rocco in die Mangel genommen worden war. Die Tür zum sechsten ging auf.

»Na dann …« Er stieg aus.

»Wir sollten Ihre Zukunftsperspektive mal besprechen, wenn die Präsentation vorbei ist.« Vincent lächelte unverbindlich und fuhr in die Chefetage weiter.

Nachdenklich kehrte Frieder in sein Büro zurück und loggte sich bei Facebook ein. Roccos Postfach quoll über von Nachrichten und Freundschaftsanfragen. Was Frieder noch mehr ins Auge sprang: Lena war online. Sein Einfall von vorhin kam ihm in den Sinn. Er mochte solche unfairen Tricks und Manipulationen eigentlich nicht. Aber eine Gelegenheit wie diese würde so bald nicht wiederkommen.

Roc_Co. Hey Lena, heute Abend geht's zur Sache. Ich kann dich in den Club reinbringen! Sag nicht, du hast schon was vor.

Lena Luna Gib mir ne Sekunde. ☺ Schon abgesagt.

Roc_Co. Bestens. Aber nur du allein, verstanden?

Lena Luna Klar. Wo ist das genau?

Selbstverständlich hatte Frieder keine Ahnung, wo die Location war.

Roc_Co. Das weißt du immer noch nicht? Mädchen, Mädchen … Sobald ich auf die Piste geh, schicke ich dir ne Message mit Uhrzeit und Adresse.

Lena Luna Cool, klar, werde da sein!

Frieder loggte sich aus, fuhr den Computer herunter, schrieb eine Nachricht für Yvonne und verließ sein Büro. Er fühlte sich nicht ganz wohl bei allem, was passiert war, trotzdem schlenderte er in merkwürdiger Hochstimmung zum Lift. Er, Frieder Kurtsmeier, die Null aus dem sechsten Stock, manipulierte Lena, die ihm seit der Trennung die kalte Schulter gezeigt hatte. Er hielt die Fäden in der Hand!

Zugleich mit ihm stieg die attraktive Praktikantin aus der Werbeabteilung ein. Er nickte, sie lächelte, wie Frieder seit Ewigkeiten nicht mehr angelächelt worden war. Als sie einen Stock tiefer wieder ausstieg, streifte ihre Hand scheinbar absichtslos sein Bein. Die Lifttür schloss sich.

»Und mir willst du erzählen, dass du die Tricks nicht draufhast?« Hinter ihm stand Rocco.

»Rocco! Wie bist du …«

Frieder unterbrach sich. Es war müßig, eine fiktive Figur zu fragen, wie sie in den Fahrstuhl gekommen war. »Was für Tricks meinst du?«

»Keine falsche Bescheidenheit.« Rocco zwinkerte. »Du kannst einen Verarscher nicht verarschen. Dein Coup mit Lena – first class!«

»Ich will sie nur eifersüchtig machen, wenn ich mit Jolinde dort aufkreuze.«

»Das ist kreuzbrav gedacht, ein bisschen raffinierter sollten wir die Sache aber schon angehen.«

»Wir?«

»Hast du mich nicht auch in diesen Club bestellt?«

»Ehrlich gestanden habe ich nicht darüber nachgedacht. Ich muss mich erst dran gewöhnen, dass Rocco lebt.«

»Man könnte deinen Plan ein wenig verfeinern.«

»Wie?«

»Wir spielen *good guy – bad guy.*«

»Und welcher bin ich?«

Während die Lichter der Fahrstuhlanzeige langsam abwärts sprangen, bewies Rocco seinem Schöpfer, dass er in puncto Umgang mit Frauen nicht zu übertreffen war.

13

Jolinde hatte ihre Brille gegen Kontaktlinsen getauscht. Sie trug High Heels, einen kurzen Rock und ein knappes Top.

»Wow«, begrüßte Frieder sie beeindruckt. Er hatte sein ultimatives Outfit aus dem Schrank geholt, asphaltgrauer Anzug mit grauem T-Shirt.

»Selber wow.« Zwei Küsse auf die Wange.

Es war kurz vor Mitternacht, und Frieder kannte den Club noch nicht. Lena würde schon ungeduldig werden.

»Wohin geht's?«

»Der Club heißt Troser.«

»Wo liegt der?«

»Ich bin mit'm Auto da. Lass dich überraschen.« Jolinde schlenderte zu ihrer Karre.

Frieder brauchte die Adresse. »Mach's nicht so spannend.« Er hakte sie unter.

»Hinterm Hamburger Bahnhof. Im Niemandsland.« Mit vielsagendem Lächeln stieg sie ein.

Er hatte nur eine ungefähre Vorstellung. Trotzdem bediente er kurz sein Smartphone und loggte sich bei Facebook ein.

»Ich muss mal eben was checken.«

Roc_Co. Na, neugierig?

Lena Luna Hallo, Rocco. Neugierig und abfahrbereit.

Roc_Co. Der Club liegt hinterm Hamburger Bahnhof. Im Niemandsland … Klingelt's da bei dir?

Lena Luna Der alte Schiffahrtskanal?

Frieder hoffte zuversichtlich, dass sie recht hatte.

Roc_Co. Erstklassig geschaltet.

Lena Luna Das ist bei mir um die Ecke! Wir sehen uns gleich! ☺

Joli war losgefahren. »Du chattest mit anderen Mädels, während du mit mir auf eine Party fährst?« Sie schielte auf sein Display.

»Sorry. Was Berufliches.« Er steckte das Ding weg.

»Klar, und in Afrika feiern sie Muttertag.« Sie legte den Wagen in die Kurve, Frieder wurde auf ihre Seite geschleudert.

»Eifersüchtig?« Ihre Gesichter waren einander nah.

»Ich wüsste nicht, auf wen ich eifersüchtig sein sollte«, antwortete sie schmunzelnd. »Du und Lena, ihr seid getrennt, hast du gesagt.«

»Genau so ist es.«

Er nahm sich vor, Jolinde nicht zu verletzen. Sie war sein Date für heute Abend, nicht Lena!

Im Wagen war es stickig, Frieder ließ das Fenster herunter. Rasant kurvte Joli durch die nächtliche Stadt. Touristenbusse, Neonreklamen, Nachtschwärmer ließen sie hinter sich. Joli mied die großen Straßen, kannte das Zentrum von Berlin wie ihre Westentasche. Trotzdem brauchten sie zwanzig Minuten bis zu dem verlassenen Areal hinter dem Bahnhof. Die Straßenbeleuchtung war ausgefallen, eine scheunentorgroße Laderampe wurde von einem Baustrahler beleuchtet. Dorthin pilgerten die Massen. Von Weitem hörte man die Beats wummern.

»Ach, hier ist das.« Frieder stieg aus. In seiner Tasche summte es. Während Joli abschloss, checkte er die Nachricht.

Lena Luna Wo bleibst du? Bin schon ne ganze Weile hier.

Roc_Co. Ich bin dir näher, als du glaubst.

Lena Luna Wie erkenn ich dich?

Roc_Co. Hab ich dir schon mal gesagt: Ich trage Hut.

Lena Luna Gebongt.

Frieder kam an Jolindes Seite. »Coole Location.«

Im Halbdunkel stöckelte sie über den brüchigen Beton. »Man muss es nur schaffen, reinzukommen, ohne sich die Füße zu brechen.« Sie strauchelte, er hielt sie fest.

Frieder entdeckte Lena. Sie trug rote Pumps und ein kurzes Wickelkleid. Grimmig stellte er fest, dass sie sich für Rocco in Schale geworfen hatte. Mit verschränkten Armen ging sie neben der Warteschlange auf und ab. Als ein Typ mit Hut auftauchte, lächelte sie ihm erwartungsvoll zu.

Frieder seufzte. Wie leicht es war, Menschen zu verarschen! Er hasste, was er tun musste, aber Roccos Anweisungen waren unmissverständlich. Während Frieder sich mit Joli in die Schlange stellte, textete er:

> **Roc_Co.** Lena, bist du sicher, dass du vor dem richtigen Club stehst?

Er beobachtete, wie sie hektisch ihr Smartphone zückte.

> **Lena Luna** Ich check das mal! Ich trage übrigens ein graues Kleid und rote High Heels. Siehst du mich?

Am andern Ende der Leitung hörte Frieder Lena fragen:

»Sagt mal, ist das hier der Hype Club?«

Die Leute lachten und schüttelten den Kopf.

»Hype Club? Nie gehört. Ist dir der nicht hype genug?«

»Gibt's hier in der Nähe noch 'nen andern Club?«

Wieder Gelächter. Lena wusste sich nicht anders zu helfen, als ans Ende der Schlange zu gehen. Fast tat sie Frieder leid. Sie gab das klassische Bild einer versetzten Frau ab, motzig, trotzig, getrieben von der Hoffnung, dass nicht wahr sein konnte, was sich deutlich abzeichnete: Rocco kam nicht.

»Geile Musik«, sagte Frieder zu Jolinde und tat so, als hätte er Lena nicht bemerkt.

»Was machst du denn hier?«, fragte sie, dicht hinter ihm.

»Lena?« Er drehte sich um. »Das ist ja … ! Ewig nicht gesehen.«

»Stimmt. Ulkiger Zufall.« Sie versuchte sich ihre Stimmung nicht anmerken zu lassen.

»Joli kennst du ja.« Sie standen noch immer Arm in Arm. Neugierig musterte Jolinde Frieders Ex.

»Hallo.«

»Hi.«

»Joli, die Laborratte, stimmt's?« Lena lächelte, Jolinde verzog keine Miene.

»Lenas Humor ist gewöhnungsbedürftig.« Frieder rückte mit Jolinde ein paar Schritte vor. »Was machst du hier, so mutterseelenallein?«

»Ich bin verabredet.«

»Okay. Klar. Hat sich verspätet, oder?«

Statt einer Antwort sagte sie: »Du siehst anders aus, Frieder.«

»Echt?«

»Ja, irgendwie … anders eben.«

»Hört sich das nach 'nem Kompliment an?«, fragte er Jolinde.

»Mir gefällt dein Look.« Sie würdigte Lena keines Blickes.

Frieder zeigte nach vorn. »Wird nicht leicht, da reinzukommen, Lena.«

»Was ist dein Spruch?«, fragte sie.

»Ich brauche keinen Spruch. Wir stehen auf der Gästeliste.«

Jolinde sah ihn erstaunt an, sagte aber nichts.

»Warum rufst du deinen Freund nicht an?«, fragte Frieder. Er wollte nicht herablassend rüberkommen, doch die Wirkung bei Lena war unübersehbar.

»Er ist bestimmt gleich da. Mach dir um mich mal keine Sorgen.«

»Hab ich noch nie.« Für einen Moment begegneten sich ihre Blicke.

Jolinde rückte weiter. »Kommst du?«

Frieder verabschiedete sich. »Vielleicht sehen wir uns ja noch.«

Während er sich abwandte, bemerkte er, wie sie zum Handy griff.

Joli grinste Frieder an. »Wieso stehen wir auf der Gästeliste, wenn du nicht mal wusstest, wo der Club liegt?«

»Ich habe auch meine Tricks.« Er spürte die eingehende Nachricht von Lena, ging aber nicht dran. Die Zeit war noch nicht reif für das Arschlochfinale, wie Rocco es nannte.

»Nach dem Arschlochfinale bist du der Held, und ich steh als absoluter *bad guy* da«, hatte Rocco gesagt.

»Was bringt das?«, hatte Frieder gefragt.

»Ist doch klar: Bei Lenas Aussehen schafft sie es garantiert in den Club hinein. Und was sieht sie da?«

»Was?«

»Dich. Du tanzt, du trinkst, du bist in cooler Begleitung. Du wirkst auf die Ladys. Du bist *on the top of the world.* Lena sieht dich, wie du wirklich bist.«

»Ehrlich?« Frieder hatte es nicht glauben können.

»Vertrau Rocco. Dann bleibt dir keine Tür verschlossen.«

Frieder und Joli erreichten die beiden Gralshüter am Eingang. Schwere Kerle, die keinen Zweifel daran ließen, dass nur reinkam, wer auch reingehörte.

»It's show time.« Frieder grinste siegessicher und wandte sich an den Türsteher.

»Kann ich helfen?«, fragte der Glatzkopf umgänglich. Auf seinen Unterarmen waren die Worte *Dignitas* und *Veritas* tätowiert.

Frieder sah ihm in die Augen. »Ich stehe bei Rocco auf der Liste. Ist er schon drin?«

»Ein Rocco hat hier keine Liste.« Der andere zeigte nicht allzu viel Gesprächsbereitschaft.

»Sag bloß, du kennst DEN Rocco nicht? Den von Facebook?«

Als ob die Sonne aufging, breitete sich ein Lächeln auf dem Gesicht des Glatzkopfs aus. »Du meinst *den* Rocco? Du kennst ihn persönlich?«

»So gut wie mich selbst.«

»Ich bin übrigens der Ginger Bread bei Facebook«, sagte der Türsteher. Habe bei Rocco sogar 'ne Freundschaftsanfrage laufen.«

»Hat er noch nicht geantwortet?« Frieder sah ihn mitleidig an. »Hast du 'ne Ahnung, wie viele Anfragen er pro Stunde kriegt?«

»Kann ich mir vorstellen.«

»Soll ich vielleicht mal ...«

»... ein gutes Wort bei Rocco einlegen? Das wäre genial.«

Ein männlicher Handschlag, schon öffnete der Glatzkopf die Absperrung und ließ die beiden durch. »Schönen Abend noch.«

Die Halle war riesig, hier war früher ein Schlachthaus, vorn lagen die Toiletten, dahinter begann der Partytaumel.

»Wer zum Teufel ist Rocco?« In Jolis Stimme klang Bewunderung mit.

»Ein Gott«, antwortete Frieder lächelnd. »Ein Gott, der es gut mit mir meint.«

Aus dem Hintergrund kamen die Beats wie Kanonendonner, die Unterhaltung wurde fast unmöglich. Jolinde nahm Frieder an der Hand und wollte hinein.

»Lass mich mal eben.« Er zeigte zum Herrenklo.

»Schön, dann geh ich auch.« Sie verschwand daneben.

Frieder schloss sich in einer Zelle ein. Bangen Herzens griff er zum Smartphone. Lena hatte mehrere Nachrichten geschickt, mit jeder war ihre Laune mieser geworden. Die letzte lautete:

> **Lena Luna** Rocco, verdammt, ich hab keine Lust, hier allein rumzustehen! Wo bist du?

Er atmete tief durch. Es half nichts, jetzt kam das Arschlochfinale.

> **Roc_Co.** Ich bin schon drin, Sweetheart.

Lena Luna Und mich lässt du hier stehen? Der Hammel von Bodybuilder will mich nicht vorbeilassen!

Als Frieder nicht gleich antwortete, setzte sie nach:

Lena Luna Was ist los? Hast du mich denn nicht gesehen?

Roc_Co. Rote Heels, graues Kleid?

Lena Luna Genau!

Roc_Co. Sorry. Ich hab dich gesehen.

Lena Luna Warum holst du mich dann nicht rein?

Roc_Co. Ehrlich gestanden hab ich lieber ne gut aussehende Frau mit reingenommen. Sorry, Schätzchen, aber das ist kein Lumpenball.

Lena Luna Wie bitte? Das Kleid ist neu! Ich hab mir jetzt ne Stunde die Beine in den Bauch gestanden. Das ist nicht dein Ernst!

Roc_Co. Ich fürchte, doch. Das Leben ist nun mal Risiko, n'est-ce pas? Wenn du meinen Rat willst: Geh in ne Touri-Disse. Da passt du prima hin.

Lena Luna Meinst du das ernst? Oder ist das nur der berühmte Rocco-Humor? Stehst du vielleicht in meiner Nähe und beobachtest, wie ich mich zum Idioten mache?

Roc_Co. Honey, so wichtig bist du nicht. Und jetzt zick nicht rum. Nimms als Lehrgeld. Wer mit Rocco rumziehen will, muss etwas mehr zu bieten haben. Mit deinen Klamotten kannst du froh sein, wenn überhaupt ein Kerl längskommt.

Lena Luna Weißt du, was ich glaube? Dass du ein selbstverliebtes Arschloch bist!

Roc_Co. Wen kümmert's, was du glaubst? Du wolltest in der Oberliga spielen. Sei nicht verbittert, aber bis dahin wirst du's so schnell nicht schaffen.

Lena Luna Fuck you!

Frieder wäre noch eine Menge eingefallen, aber Rocco hatte ihm eingeschärft, dass die schlimmste Beleidigung die ist, gar nicht zu reagieren. Er loggte sich aus, schaltete ab, und fühlte sich beschissen.

»Fies sein ist nichts für Anfänger«, murmelte er und wischte sich den Schweiß von der Stirn.

Als er aus der Toilette trat, erwartete ihn Jolinde. »Bereit für den ultimativen Fun?«

»Bereit, wenn Sie es sind, Sergeant.« Hand in Hand gingen sie hinein.

Massive Bässe begrüßten die beiden und rollten über sie hinweg. Tanzende Silhouetten im künstlichen Nebel, zuckende Körper, Schweißgeruch. Alkohol und Körpersäfte, bunte LEDs, die Upper digital, der House minimal.

An der improvisierten Theke blitzte Jolinde Frieder aus hellen Huskyaugen an. »Gefällt's dir?«

»Heißer Tipp!«

»Lass uns feiern!«

Vor ihnen lagen auf einem Tablett eiswürfelgroße Gelees. Joli nahm einen roten Würfel. Als Frieder zögerte, schob sie ihm ebenfalls einen in den Mund.

»Probier mal.«

»Ich steh nicht auf Wackelpudding.«

»Auf den schon!«

Er kostete und staunte. »Schmeckt irgendwie nach … Wodka!« Frieder kaute, lutschte.

»Das ist ein Wodka-Cube!« Joli leckte sich die Finger.

»Fuck, gute Idee!« Er saugte den nächsten roten Glibberblock und ließ die Gelatine im Mund zergehen. »Was sind die Grünen?«

»Nicht so gierig!«

»Sag schon!«

»Davon lass ich die Finger. Das ist hypertrophes LSD, ziemlich crazy.«

Frieder konnte sich weitgehend als Drogenjungfrau bezeichnen. Da ihm bekannt war, was für schrilles Zeug schon in den gewöhnlichsten Lebensmitteln drin war, hatte er von hartem Stoff Abstand genommen. Andererseits war da noch die Diagnose von Dr. Khonsari.

»Man lebt nur einmal!« Er schluckte ein Grünes. »Jeder hat ein Recht auf seinen Rausch!«

»Für dich ist das Zeug genau richtig!«

»Wieso?«

»Damit du dich mal locker machst, du verdammter Klemmi!« Sie küsste ihn auf die Nase.

»Den Klemmi zahl ich dir heim!«

»Wie?«

»Shut up and dance!«

Er zog sie zur Tanzfläche, sie verschwanden in der Meute. Die Stimmung im alten Schlachthaus kochte. Wo früher Schweine geschlitzt worden waren, hingen jetzt nur noch Fleischerhaken von der Decke. Und doch quiekte es und schrie und zuckte, wo man hinsah. Der Wodka und das hypertrophe Zeug hebelten Frieder aus. Er tanzte wie ein Voodoopriester, ihm gegenüber ruderte Joli im zuckenden Licht. Ihr schlanker Körper verschwand im Smog der Leiber. Eingehüllt in einer Blase aus Wohlgefühl und Menschenfleisch, gab sich Frieder dem Rausch hin. Er griff Jolinde um die Taille und tanzte, als wäre es seine letzte Nacht.

Nach einer Ewigkeit wurde er durstig, trank etwas an der Theke und kaute Glibberwodka. Mit zwei Drinks kehrte er zur Tanzfläche zurück. Jolindes weiße Haut reflektierte das Licht der Fluter, ihr Körper bog sich, in ihrem Bauchnabel tanzte ein Stück Metall. Farben, Formen, verzerrt durch die Droge – Frieder floss auf Jolinde zu und presste ihr den eiskalten Drink in den Rücken. Sie schrie nicht, schnappte nicht mal nach Luft. Langsam drehte sie sich um, sah ihn starr und wunderschön an, ihre Pupillen füllten das ganze Auge. Sie schaute durch ihn hindurch. Frieder gab ihr den Drink, als wäre es ein Pokal, gefüllt mit ewigem Leben.

Sie beugte sich an sein Ohr. »Ich hab's gewusst.«

»Was?«

»Stille – Wasser – sind tief!« Sie trank in einem Zug und tanzte weiter.

Als er sich umdrehte, entdeckte er etwas, das ihn mitten im Taumel traurig machte. Lena stand am Rand der Tanzfläche, schaute dem enthemmten Treiben zu, Tränen liefen über ihre Wangen.

War es nicht das, was Frieder gewollt und was Rocco bis ins Detail geplant hatte? Es war gelungen, aber Frieder hatte keine Freude mehr daran.

Lena wurde angerempelt, taumelte zur Seite und verschwand im Gewühl. Als er sie das nächste Mal sah, hatte sie den Ausgang fast erreicht.

»Komm schon!«, schrie Jolinde. Sie tanzte sündig an ihn heran und schob ihre Zunge in Frieders Mund. Er begann zu flattern wie eine Motte. Joli wollte ihren Kuss, und sie bekam ihn. Inmitten der neuronalen Verzückung dachte Frieder, wie leicht es war, sich gut zu fühlen!

14

Frieder erwachte von einem Sonnenstrahl. Er war zu Hause, alles befand sich an seinem Platz. Alles war gleich, nur er selbst nicht. Die Sonne traf ihn ins Gesicht. Er schaute aus dem Fenster, da stand noch ein zweites Gestirn, blass, durchsichtig und doch deutlich. Am hellichten Tag zeigte sich der Mond.

»Filmriss in Rosa und Blau?«, sagte jemand. Auf dem Sofa saß Rocco.

Frieder richtete sich auf. »Ich kann mich an nichts erinnern.« Erstaunt betastete er seinen Kopf. »Kein Brummschädel, völlig schmerzfrei!«

»Du hast die Lust genossen wie ein Profi.«

»Habe ich die Lust denn *genossen*? Ich meine, haben Joli und ich … Ich weiß nur, dass ich hinter ihr hergetanzt bin, wie eine Graugans hinter der Mutter.«

»Du wolltest die ganze Welt umarmen, da hast du eben die Kleine aus dem Labor umarmt.«

»Wie weit ging das?« Frieder kam vom Bett hoch.

»Warum fragst du sie nicht selbst, wenn ihr euch gleich bei der Arbeit seht?«

Frieder schlurfte ins Bad.

»Die Schwärze der Bässe, das grelle Licht – alles pulste und kribbelte. Joli und ich waren wie zwei farbige Flüssigkeiten, die ineinanderliefen.«

»An dir ist ein Poet verlorengegangen!«, lachte Rocco.

»Was?«, rief Frieder beim Wasserlassen.

»Du brauchst jetzt was Ordentliches in den Magen.« Rocco erwartete ihn in der Küche.

»Soll ich uns ein Müsli machen?« Frieder knöpfte die Hose zu.

»Ich dachte eher an einen Latte Arrabiata.« Angewidert sah Rocco sich um. »Wie hältst du das in dem Dreck nur aus?«

»Das frage ich mich auch.« Frieder stellte das Müsli zurück. »Was haben wir denn da? Einen Cappuccino Toffee Amaretto als Instantpulver. Hab ich aus einer Testserie abgestaubt.«

Während er Wasser aufsetzte, kehrte Rocco ins Wohnzimmer zurück. »Was hast du jetzt vor?«

»Ein paar Blumen, dachte ich«, antwortete Frieder aus der Küche.

»Für Jolinde?«

»Joli? Die hatte doch jede Menge Spaß.« Frieder tauchte in der Tür auf. »Nein, für Lena. Sie sah so traurig aus, so fertig. Ich hätte nicht gedacht, dass ihr das Arschlochfinale so zu schaffen macht.«

Rocco musterte ihn nachdenklich. »Du hast den Sinn der gestrigen Lektion nicht ganz verstanden.«

»Welchen Sinn?«

»Lenas Problem ist, dass sie glaubt, Männer sind an ihr interessiert, weil sie attraktiv ist. Sie will aber, dass Männer sich für sie interessieren, weil sie *sie* ist. Leider ist Lena neben ihrer Attraktivität nicht besonders interessant. Sie ist eitel, sie ist unverschämt, abgehoben und verzogen.« Mit einer Geste stoppte Rocco Frieders Widerspruch. »Lena möchte, dass die Männer hinter ihre Fassade schauen und die kostbare Person entdecken, die sich dort verbirgt. Aber der einzige Grund, warum irgendjemand sich die Mühe machen sollte, hinter Lenas Fassade zu schauen, ist, weil sie schön ist. So betrachtet, ist Lena Lenas größtes Problem.«

»So ist sie nicht!«, entgegnete Frieder. Doch einen Moment lang hatte er gezögert.

In der Küche kochte das Wasser. Als er mit dem Cappuccino-Ersatz zurückkam, prüfte Rocco erst den Tassenrand.

»Genug von Lena. Worauf du dich konzentrieren solltest, ist Gelfort.«

»Gelfort macht mir keine Kopfschmerzen«, erwiderte Frieder überrascht. »Du meinst wohl eher Hansen. Der ist beim Produkt-Pitch mein größter Konkurrent.«

»Hansen ist eine Marionette.«

»Von wem?«

»Von Gelfort.«

»Woher weißt du das?«

»Von dir. Wer hat dich aus dem Verteiler genommen, als die wichtige Rundmail rausging?«

»Gelfort«, nickte Frieder. »Und was, wenn bloß seine Sekretärin einen Fehler gemacht hat?«

»Wie naiv bist du eigentlich? Bei Tastemaker hocken die Unternehmensberater wie die Geier. Sie wollen Fleisch! Gelfort bangt um seinen Job. Er ist kein Kreativer, er steckt die Ideen von dir und Hansen bloß in die richtige Verpackung. Um sich selbst zu retten, braucht er ein Bauernopfer. Er unterschlägt dir die wichtigste Info der letzten Zeit, damit du beim Produkt-Pitch wie ein Idiot dastehst.«

Frieder ließ sich aufs Sofa sinken. »Und wie es aussieht, hat er sogar Erfolg damit.«

»Exaktamundo.« Rocco stellte die Tasse weg. »Und jetzt frag dich mal, wer von der Belegschaft dir als Einzige geholfen hat.«

»Jolinde!«

Mit schief gelegtem Kopf sah Rocco ihn an. »Das Mädchen aus dem Kellergeschoss. Sollte dir das nicht zu denken geben?«

»Du sagst, Hansen ist eine Marionette von Gelfort. Wie meinst du das?«

»Gelfort verachtet den Fettkloß Hansen. Dass er so häufig mit ihm aufkreuzt, hat strategische Gründe. Gelfort sieht sich im Geist bereits als Juniorchef der Firma. Dafür soll der kreative Hansen ihm den Steigbügel halten.«

»Gelfort als Chef von Tastemaker? Das wäre das Letzte! Wie will er das schaffen?«

»Auch Gelfort kapiert, dass man Vincent Maurer, den Kronprinzen, aufgrund seiner sexuellen Eskapaden leicht aushebeln kann. Wenn Vincent erst mal aus dem Weg ist, rückt jemand auf seinen Posten vor.«

»Gelfort!« Frieder schlug wütend auf die Sofalehne. »Das darf nicht sein. Ihn kümmert gar nicht, was wir herstellen, er hat den Blick nur starr auf den Profit gerichtet.«

»Und was bist du jetzt bereit zu tun?«

»Ich verhindere es!«

»Das wirst du.«

»Aber wie?«

»Dafür ist es noch zu früh. Heute solltest du erst mal deinen Erfolg genießen.«

Ein Strahlen flog über Frieders Gesicht. »Hatte ich Erfolg?«

»Du hast dich in der Welt der Coolen und Schönen bewegt, als ob du immer schon dazugehört hättest.«

»Das muss an den Wodkawürfeln gelegen haben.«

Rocco schüttelte den Kopf. »Das lag an dir. Guck mal in den Spiegel.«

Frieder ging ins Bad und erwartete, den übernächtigen, blassen Typen zu sehen, den er kannte. Doch da stand ein gut aussehender Mann, wenn auch etwas zerknautscht, was ihm aber nur noch mehr Sex-Appeal verlieh. Ein Paar neugieriger Augen musterten ihn. Erwartungsvoll fragten sie, was der heutige Tag wohl bringen würde.

»Du hast recht«, rief er und drehte sich um.

Das Sofa, auf dem Rocco gesessen hatte, war leer.

Frieder zog sich an und verließ das Haus. Im Sandkasten spielte der Junge des Hausmeisters wie jeden Tag mit seinem Feuerwehrauto. Er gab ein trauriges Bild ab. Die geflickte Hose, das Heftpflaster vor dem Auge, das kaputte Spielzeug – er konnte einem leidtun. Gerade heute fand Frieder die Welt aber voller Schönheit. Sie bot Vergnügungen und Überraschungen aller Art und war überhaupt der bestmögliche Platz zum Leben.

Der Junge hatte Frieder genervt, seit er ihn kannte. Heute fand er, der kleine Kerl war von allem ausgeschlossen, was Spaß machte und worauf jeder Anspruch hatte. Vielleicht bedurfte es nur einer Kleinigkeit, um den Burschen aus seiner tristen Sandkastenwirklichkeit zu befreien.

Statt wie üblich an ihm vorbeizulaufen, setzte sich Frieder auf die Einfriedung des Spielplatzes.

»Heiß heute.«

Gewohnheitsmäßig nahm der Junge eine Handvoll Sand und hielt sie wurfbereit. »Na und?«

»Wenn es morgens schon so heiß ist, wie wird es erst zu Mittag sein?«

»Noch heißer.«

»Wahrscheinlich. Ich bin Frieder, und du?«

»Warum willst du das wissen?«

»Wir sehen uns jeden Tag. Da frage ich mich eben, wie du heißt.«

»Sven.«

»Wieso beschmeißt du mich mit Sand, Sven?«

»Ich beschmeiße alle mit Sand.«

»Das erklärt es.« Frieder leckte sich die Lippen. »Ich könnte was Kaltes vertragen. Du auch?«

»Was denn?«

»Was zu trinken.«

»Lieber ein Eis.« Der Junge hatte den Sand vergessen, er zerrann ihm zwischen den Fingern.

»Klasse Idee. Um die Ecke ist eine Eisdiele. Wenn du dein Hauptquartier für ein paar Minuten alleinlassen kannst …«

Sven traute dem Frieden nicht. »Du willst ein Eis für mich kaufen?«

»Klar, weil heute ein besonders heißer Tag ist.«

Langsam, als sei er im Begriff, etwas Unerhörtes zu tun, stand der Junge auf. »Erdbeer und Schokolade?«, fragte er misstrauisch.

»Ich bin mehr für Joghurt-Waldbeere und Mango.«

Sven nahm sein ramponiertes Feuerwehrauto. Dann trabten sie gemeinsam los.

»Du bist der Sohn von Herrn Bukowski?«

»Borolski«, korrigierte Sven.

»Richtig. Macht sich dein Papa keine Sorgen, wenn du die ganze Zeit allein spielst?«

»Nein.«

Frieder deutete auf das Spielzeug. »Eigentlich bist du schon zu alt dafür. Du brauchst ein erwachsenes Spielzeug. Ein ferngesteuertes Auto zum Beispiel.«

»Das wäre toll.«

»Damit könntest du auch woanders spielen, nicht nur im Sandkasten.« Frieder zeigte über die Straße. »Zum Beispiel dort auf der Wiese. Da spielen viele Kinder, auch Mädchen.«

»Mädchen sind blöd.« Mit ängstlichen Augen betrachtete Sven die Kinder auf dem sonnenüberfluteten Rasen.

»Sie sind nicht alle blöd«, erwiderte Frieder. »Vor allem nicht die ganze Zeit.«

»Sie lachen mich aus.«

»Das kenne ich, das ist ein Scheißgefühl. Aber glaub mir: Man kann der Situation nur aus eigener Kraft entkommen.«

»Was für eine Kraft?«

Frieder wusste nicht recht, wie er einem Dreikäsehoch etwas von Anziehung und Abstoßung, von Angebot und Nachfrage erklären sollte.

»Man spielt einfach in ihrer Nähe, und irgendwann kommen sie ganz von selbst.«

»Echt?«

Eine gewagte Theorie. Frieder fürchtete, dass Sven sich vielleicht zu große Hoffnungen machen könnte. »Probier's aus … So, da wären wir.«

Sie traten vor den Straßentresen der Eisdiele.

»Deine Wahl steht fest? Erdbeer und Schokolade?«

Sven nickte. Ein Lächeln flog über sein Gesicht, weil Frieder mit seinem Angebot Ernst machte.

Gleich darauf leckten sie konzentriert jeder an seinem Eis. Sie mussten sich beeilen, in der Hitze zerlief es schnell. Nebeneinander überquerten sie die Straße und setzten sich ins Gras.

»Warum wünscht du dir kein ferngesteuertes Auto von deinem Papa?«

»Der schenkt mir keins.«

»Hast du ihn schon gefragt?«

Statt einer Antwort knusperte der Kleine an der Eiswaffel.

»Und deine Mama?«

»Die würde mir eins schenken, aber die hat nichts zu sagen.«

»Mhm.« Frieder leckte überschüssiges Eis vom Handrücken. »Ich muss jetzt leider los.«

»Wie heißt du?«

»Frieder.« Er stand auf. »Warum bleibst du nicht noch ein bisschen? Guck mal, dort spielt ein nettes Mädchen.«

»Mir egal.«

Es war gefährlich, Kinder zu früh an die Macht des Geldes zu gewöhnen. Trotzdem drückte Frieder dem Jungen zwei Münzen in die Hand.

»Lade sie zu einem Eis ein.«

Sven starrte begeistert auf das Geld.

In der Morgensonne schlenderte Frieder davon.

Als Frieder wenig später an einem Bäcker vorbeikam, kaufte er sich einen Wrap mit Avocadomousse und einen Becher frisch gepressten Orangensaft, dann ging er weiter. Die Farben, Geräusche und Gerüche der Stadt begleiteten ihn auf seinem Spaziergang. Das Zittern der Sommerluft. Das Lachen von Frauen ging im Hupkonzert eines Hochzeitskorsos unter. Frieder erreichte einen weitläufigen Park, setzte sich hin und zog die Schuhe aus. Nachdem er sein Frühstück verdrückt hatte, legte er sich lang hin. Es roch nach Linden, orientalischen Gewürzen, es roch nach Sommer. Ein Apfel lag im Gras, Wespen hatten begonnen, ihn zu zerlegen. Ein Frisbee flog in den Himmel. Spanische Wortfetzen, englische Brocken, Vogelzwitschern. Der Himmel von reinstem Blau, die Sonne herrschte über allem.

»Ja«, sagte Frieder. »Ja.«

Die Welt war sein Königreich. Nicht alles an ihr war schön, die Taube, die Kotze fraß, die Junkiespritzen im Gras. Aber heute sah Frieder darüber hinweg. Er fühlte sich stark, er fühlte sich bereit für Herausforderungen. Er würde Gelfort und Hansen die Stirn bieten. Das beste Mittel dazu war, beim Produkt-Pitch eine herausragende Kreation zu präsentieren. Heute würde er sie finden, heute noch würde er die Idee in Händen halten. Frieder war sich noch nie so sicher gewesen. Erhobenen Hauptes machte er sich auf den Weg zu Tastemaker.

»Na, Yvonne, sind Sie gestern fertig geworden?«, fragte er die Assistentin.

»Ja, Herr Kurtsmeier.« Ihr Blick war auf den Monitor geheftet.

»Vorbildlich.«

»Es ging bis spät in die Nacht.«

»So ist das, wenn man bei den Kreativen mitmischen will.« Er lächelte ermunternd. »Welches ist es denn?«

»Was meinen Sie?« Yvonne sah ihn nicht an.

»Welche der Testspeisen? Welches Produkt hat am besten abgeschnitten?«

Yvonne speicherte eine Datei, fasste sich ein Herz und sah ihn an. »Es ist nichts Brauchbares dabei.«

Frieder wusste einen Moment nichts zu sagen.

»Alle Produkte sind bei den Verbrauchern gnadenlos durchgefallen.«

»Alle zehn?«

»Es sind sogar Beschwerden von Leuten dabei, denen während der Tests übel wurde.«

»Und der Veggie-Döner?«, fragte Frieder konsterniert. »Mir kam es so vor, als hätte der Veggie-Döner den Leuten ein Aha-Erlebnis beschert.«

»Es war eher ein Ekel-Erlebnis.«

»Die Peking-Ente? Das sprühbare Barbecue-Aroma? Die Monsterrosinen? Nichts, wirklich gar nichts?«

»Tut mir leid, Herr Kurtsmeier, ich konnte ja nichts anderes tun, als die Punkte zusammenzuzählen. Das Ergebnis ist praktisch Zero.«

»Wieso haben Sie mich nicht gleich angerufen?«, fuhr er sie an und wusste, es traf die Falsche.

»Ich habe mich nicht getraut. Sie sind in letzter Zeit so … anders.«

»Anders, ich?«

»Früher waren Sie wie einer von uns, aber jetzt …«

Frieder erkannte Furcht in Yvonnes Blick. Er hatte geglaubt, ein Gefühl wie dieses würde ihn erheben. Das Gegenteil war der Fall.

»Ich bin immer noch einer von euch«, erwiderte er leise und ging in sein Büro.

»Die Tests liegen auf Ihrem Rollcontainer«, rief Yvonne ihm nach.

15

Frieder saß allein in seinem Glaskäfig. Wie schnell sich sein neues Selbstvertrauen verflüchtigt hatte. Dazu brauchte es nur einen Rückschlag wie diesen. Ihm wurde flau im Magen, wenn er daran dachte, dass er den halben Tag mit Nichtstun verbracht hatte, statt nach einer neuen Idee zu suchen, der Erfindung, die seinen Job retten würde. Selbst mit Jolindes Hilfe war es nicht gelungen, ein brauchbares Produkt zu kreieren, das Schermann und die Unternehmensberater zufriedenstellen würde.

Frieder entsorgte die Fragebögen in den Papierkorb und startete den armseligen Versuch, die Testreihe statistisch in ein besseres Licht zu rücken. Er änderte Basis und Bezugsgrößen, betonte in seinem Resümee, dass nur fremde Lizenzprodukte zum Einsatz gekommen seien, die den strengen Qualitätsmaßstäben von Tastemaker nicht genügt hätten. Er tippte bedächtig, Buchstabe für Buchstabe, Zahl für Zahl, und konnte unterm Strich doch nur bekennen, dass alle zehn Produkte in der Gunst der Gaumen durchgefallen waren.

Mit diesem niederschmetternden Ergebnis wurde es nun wirklich eng für ihn, wenn – ja wenn ihn nicht doch noch eine

Idee küssen würde! Die eine brillante Erfindung, der er bisher erfolglos hinterhergejagt war.

Eine gute Idee war wie ein Lottogewinn, unwahrscheinlich, wenn nicht aussichtslos. Wenn es anders wäre, hätte Hansen auf seinen leuchtenden Kaugummi nicht so unverschämt stolz sein können. Eine banale Erfindung, trotzdem hatte Frieder ihr nichts entgegenzusetzen. Auch wenn sein Einstieg beim Produktions-Pitch boykottiert worden war, gestand er sich ein, dass er ein gravierendes Motivationsproblem hatte. Der Tag X rückte näher, er sah sich darauf zutreiben, aber der Motivationsschub blieb aus. Oft war es nur eine Kleinigkeit, etwas Marginales, durch das man von einer Idee ferngehalten wurde. Es war wie mit diesen verschweißten Verpackungen, die man nicht aufbekam: Man sah den Inhalt durch die Folie greifbar nah, aber die Hülle ließ sich nicht zerreißen.

Frieder ertappte sich dabei, dass seine Gedanken nicht die berufliche Notwendigkeit, sondern die vergangene Nacht umkreisten. Mit Jolinde war es toll gewesen! Es hatte sich großartig angefühlt, im Rausch aufzugehen – Bewegung, Hitze, Erotik –, zu lange hatte er das entbehrt.

Frieder stützte den Kopf in die Hände. Der alte Satz hatte selten so gestimmt, wie in seinem Fall: *Man kann tun, was man will, aber man kann nicht wollen, was man will!* Er entschied, seine Blockade auszutricksen, indem er einen Umweg nahm. Der Umweg sollte ein kleiner Ausflug zu Facebook sein.

Frieder wollte wissen, wie Lena die Niederlage der vergangenen Nacht weggesteckt hatte. Er loggte sich unter seinem eigenen Account ein und fand eine Nachricht von ihr.

Lena Luna Na, Frieder. Hattest du wenigstens einen netten Abend?

Sie nannte ihn nicht mehr Kurz. Das war immerhin ein Anfang.

Frieder Kurtsmeier Hi Lena. Ja, danke, der Abend war super.

Lena Luna Du und Jolinde, seid ihr jetzt ein Paar? Trug die früher nicht mal ne Brille?

Frieder Kurtsmeier Normalerweise ja. Nee, wir sind nur befreundet.

Lena Luna Das sah für mich nach mehr aus.

Frieder Kurtsmeier Sag bloß, du bist eifersüchtig?

Bei Frieder schossen innerlich alle Daumen in die Höhe. Sollte der älteste Trick der Welt bei Lena tatsächlich wirken?

Lena Luna Grad noch. Ich dachte nur an die alte Regel: Never fuck in the same company.

Frieder Kurtsmeier Ich würde eher sagen: Never fuck in the company of bad people …

Lena Luna Du sahst ganz anders aus. Woher die Veränderung? Hab dich zuerst gar nicht erkannt.

Frieder Kurtsmeier Ich muss ja nicht immer gleich aussehen. Du sahst in deinem Kleid schick aus.

Lena Luna Wenigstens einer, der das findet! Wie lange wart ihr denn dort?

Frieder Kurtsmeier Weiß nicht mehr genau. Es wurde schon hell. Wo warst du? Wir haben dich vermisst. Bist du nicht reingekommen? Oder hat dich deine Begleitung versetzt?

Lena Luna So was in der Art. Der **** ist wirklich nicht aufgetaucht.

Frieder Kurtsmeier Wer denn? Vincent?

Lena Luna Hör mir bloß mit dem auf! Vincent treffe ich nicht mehr.

Frieder Kurtsmeier Auf einmal? Was ist passiert? Hat er sich dran erinnert, dass er eine Verlobte hat?

Lena Luna Es ist alles etwas mysteriös. Von einem Tag auf den andern hat er geschrieben, er darf mich nicht mehr treffen, und dass es besser so ist! Keine Ahnung, was er meint, jedenfalls renne ich keinem Mann hinterher.

Insgeheim schickte Frieder ein Dankgebet an Rocco: Kaum zu glauben, wie gut die dämliche Einschüchterung geklappt hatte! Mit schadenfrohem Lachen tippte er:

Frieder Kurtsmeier Schon merkwürdig, dass Vincent sich so benimmt.

Lena Luna Ja, stell dir vor, er hat mir sogar die Facebook-Freundschaft gekündigt. Hast du so was Krasses schon mal gehört?

Frieder Kurtsmeier Schau an.

Lena Luna Schätze, du hattest recht mit ihm.

Frieder Kurtsmeier In Liebesangelegenheiten liegt man leider oft falsch.

Wie kam Frieder sich denn vor? Er verteilte Liebesratschläge an Lena!

Lena Luna Zuerst habe ich gedacht, du willst Vincent nur anschwärzen, weil du eifersüchtig bist.

Frieder überlegte, bevor er antwortete.

Frieder Kurtsmeier Ist schon ne ziemlich harte Nummer – zwei Absagen von zwei verschiedenen Typen, an ein und demselben Tag.

Lena Luna Wem erzählst du das? Die Typen da draußen sind alle durchgeknallt. Ich hab die Nase voll! Man sollte sich auf keinen einlassen, den man nicht wirklich kennt.

Wenn du wüsstest, wie recht du hast, dachte Frieder.

Frieder Kurtsmeier Kopf hoch! Wenn du wieder mal vom Schicksal gemobbt wirst, wende dich einfach an Frieder.

Lena Luna Ich werd's mir merken. Wie geht's dir denn eigentlich so?

Frieder hätte sich diese Frage am liebsten eingerahmt und über den Schreibtisch gehängt! Lena erkundigte sich, wie es ihm ging!

Frieder Kurtsmeier Ich habe gerade ein Motivationsproblem. Bei Tastemaker steht ne wichtige Präsentation an, und ich hab nicht mal den Schatten einer Idee, was ich pitchen könnte.

Lena Luna Die gängigen Methoden hast du schon probiert?

Frieder Kurtsmeier Jede, die ich kenne. Mein Kopf ist wie vernagelt.

Lena Luna Ich habe neulich von einem Experiment mit Mäusen gehört. Nein, das erzähl ich dir nicht, das ist zu blöd.

Frieder Kurtsmeier Erzähl schon, ich bin für jede Inspiration dankbar.

Lena Luna In diesem Versuch setzt man Mäuse in ein Labyrinth mit vielen Sackgassen. Man streut ihnen immer an der gleichen Stelle Futter aus. Nachdem sie das kapiert haben, rennen sie jedesmal zu dieser Stelle hin. Legt man das Futter plötzlich woanders aus, laufen die meisten trotzdem an den alten Platz und finden nichts. Die intelligenten Tiere geben die alte Orientierung auf, durchstöbern das Labyrinth und finden den neuen Futterplatz. Die dummen Mäuse verhungern.

Frieder Kurtsmeier Wie es aussieht, bin ich wohl eine dumme Maus.

Lena Luna Nein. Du rennst nur immer noch zur alten Stelle im Labyrinth. *Think out of the box,* du verstehst?

Frieder Kurtsmeier Das Verlassen von ausgetretenen Pfaden, das predigen uns die Unternehmensberater auch immer.

Lena Luna Probier's aus.

Frieder Kurtsmeier Vielleicht mache ich das. Danke jedenfalls für den Tipp.

Lena Luna Gern geschehen, bis bald, XXXX

Frieder erinnerte sich, wofür die Xe früher gestanden hatten, für Küsse. Vor Kurzem war er noch am Boden zerstört gewesen, nun hatte ihn der Chat mit Lena glücklich gemacht. Sollte Rocco in puncto Lena falsch liegen? Sie war keine Frau, die Männer bloß manipulierte. War sie nicht gerade von zwei Männern ziemlich unsanft in die Wüste geschickt worden – von Vincent und Rocco?

»Lena will, was wir alle wollen«, sagte Frieder in sein stilles Büro. »Ein kleines Stück vom Glück.«

16

Er entschied, auf Entdeckungstour zu gehen. Heute, das spürte er, würde er seiner Idee begegnen. Nicht in dem muffigen Glaskasten, er musste raus, in die Großstadt, unter Menschen.

Nur Minuten, nachdem er sich von Lena verabschiedet hatte, bewegte er sich durch die Straße der Flanierer, auf dem Boulevard, wo es alle hinzog. Früher hatte er Straßen wie diese in groteskem Slalom passiert, im Bemühen, den Menschen auszuweichen. Wie anders der Frieder von heute! Mit erhobenem Haupt schlenderte er dahin, der Gehweg kam ihm breiter, der Himmel blauer vor. Sein Blick glitt über die Auslagen. Juwelen, Designerklamotten, Delikatessen. Neugierig schaute er den Menschen ins Gesicht. Wo war das Augenpaar, das ihn fesseln würde, wo fand er die Inspiration, den Reiz, nach dem er suchte? Eine Idee konnte aus dem geringsten Anlass geboren werden, Frieder war bereit, ihn zu entdecken. Die Blicke, die er durch seine offensive Neugier erntete, waren irritiert, teils amüsiert oder geschmeichelt. Öffne die Welt, und die Welt wird sich dir öffnen.

Für Frieder öffneten sich die Türen der Boutiquen und Feinschmeckerläden. Hübsche Verkäuferinnen umschmeichelten ihn. Auch wenn er wusste, in Wirklichkeit meinten sie nur seine

Brieftasche, genoss er es. So lief das Business nun mal. Er kaufte ein Paar Hosen, kostete erlesene Speisen und probierte einen neuen Wein, soeben aus der Auvergne eingetroffen. Im Spiegel der Auslagenscheiben schlenderte er weiter. Er sah den perfekten Sommertag und einen perfekten jungen Mann.

Er beschloss, das Studium der Menschen und ihrer Bedürfnisse auf einer anderen Ebene fortzusetzen. Warum nicht in der Straßenbahn?

Aufs Geratewohl wählte er eine Haltestelle, dort hielt gerade eine Bahn. Als er hinlief, schlossen sich die Türen. Der alte Frieder hätte das vermaledeite Pech verflucht, das ihm anhaftete, der junge Mann von Welt nahm es als Herausforderung. Frieder rannte mit der Straßenbahn um die Wette. Während er neben ihr herspurtete, lachte er aus vollem Hals. Hindernisse übersprang er, Passanten wich er aus. Er hätte stundenlang so weitermachen können, dabei entgingen ihm die Leute nicht, die stehen blieben und seinen Wettkampf verfolgten. In der Bahn hingen die Fahrgäste an den Fenstern. Frieder war der Held der Stunde, die Sonne war sein Scheinwerfer, die Straße sein Publikum.

Leider war die Straße noch nicht ganz fertig, eine Baustelle kreuzte Frieders Weg. Er sah sie zu spät, stolperte in vollem Lauf und stürzte. Seine Einkaufstüten flogen durch die Luft, er selbst rollte sich gekonnt ab und nahm keinen Schaden. Das konnte man von seiner Kleidung nicht behaupten, die Hose war zerschlissen, die Jacke verunstaltete ein Riss. Als Frieder sich ans Knie fasste, spürte er Blut. Und wenn schon, die Sache war es wert gewesen! Den Umstehenden, die ihn besorgt ansahen, schenkte er ein beruhigendes Achselzucken. Er klopfte sich den Staub ab, nahm seine Tüten und ging.

Bis knapp vor die Tore von Tastemaker war er gerannt. Frieder nahm den Zufall als Impulsgeber und lief in die Firma. Er wollte seine Erlebnisse in Ergebnisse umwandeln. Heute würde es gelingen, das Produkt zu finden – heute oder nie!

Im Aufzug nach oben traf er Gelfort. Der Königspudel kam ihm wie gerufen. In seiner Weltumarmung spürte Frieder die Kraft in sich, seine Feinde zu zerschmettern.

»Kurz, wie siehst du denn aus?« Gelfort musterte den ramponierten Food-Designer voll Herablassung.

»Das trägt man so.« Frieder deutete auf den Riss in seiner Hose. »Aufgerauter Denim, asphaltgeschliffen. Der neueste Schrei aus London.«

Gelfort richtete sein Haar. »Und das Blut?«

»Gehört dazu. Der Trendbegriff heißt: Personally customized. Noch nie gehört? Gestalte deine Kleidung selbst. Darüberhinaus hat die Hose ein hochrangiger Künstler für mich designed.«

Gelfort blinzelte irritiert. Dass Kurz so schlagfertig sein konnte, war ihm neu. »Und wie heißt der hochrangige Künstler, wenn man fragen darf.«

»Rocco Forte. Der sollte selbst dir ein Begriff sein.«

Frieder musterte den anderen. Auch wenn Gelfort es auf der Hierarchieleiter weit nach oben geschafft hatte, war er bedauernswert einfallslos. Er war ein Angepasster, ein Aldiflüsterer, ein Chamäleon auf der Woge der breiten Masse.

»Bleib auf'm Teppich, Kurz, und vergiss nicht, wen du vor dir hast.« Breitbeinig pflanzte sich der Marketingdirektor vor ihm auf. »Mir scheint, du bist nicht nur aufs Knie gefallen, sondern auch auf den Kopf.«

»Apropos Kopf, das wollte ich dir schon lange flüstern: Mit deiner Siegfried-und-Roy-Frisur machst du dich lächerlich. Erinnert an die Achtziger, Bee Gees, *Hair*, Metal-Bands. Vertrau mir in dem Punkt, ich bin Designer.«

Mit wachsender Fassungslosigkeit hörte Gelfort zu und fuhr Frieder auf Bayerisch an: »Treib's net zu weit, Kurz! A Watschn ist schneller g'schmiert als a Butterbrot!«

»Lass uns noch einmal von dieser Einladung zur Präsentation reden. Hast du mich absichtlich aus dem Verteiler genommen?«

»Spinnst du! Wieso sollte ich …?«

»Verstehe. Wenn das also ein dummer Zufall war, wie wär's dann mit einer Entschuldigung?«

»Entschuldigen soll ich mich? Bei dir?«

»Ich könnte sonst glauben, du willst verhindern, dass ich an dem Produkt-Pitch teilnehme.«

Gelfort war sprachlos. Überfordert starrte er die Stockwerkanzeige an.

»Ich sag dir eins, du Königspudel.« Frieder trat dicht vor ihn. »Zieh dich warm an! Mein Produkt-Pitch wird alles in den Schatten stellen, was du je gesehen hast. Da kann auch Hansen mit seinem Phosphorkaugummi einpacken.«

»Was hast du gegen Hansen? Der hat dir nichts getan.«

Frieder lachte markig. »Ich weiß Bescheid über eure Strategie. Was ihr euch ausgedacht habt, wird nicht funktionieren. Nur über meine Leiche!«

Gelfort fand sein bayerisches Selbstvertrauen zurück. »Wenn du's so haben willst, dann eben über deine Leiche.«

Der Fahrstuhl hielt, Frieder trat aus der Tür. »Träum weiter, du Wischmopp. Wir sehen uns bei der Präsentation.«

Bevor Gelfort etwas antworten konnte, schlossen sich die Türen.

Frieder hatte alles auf eine Karte gesetzt, nun musste er seinen Worten Taten folgen lassen. Die Euphorie des Augenblicks, in der er Gelfort die Meinung gesagt hatte, verflog. Bevor er sein Büro erreichte, blieb er stehen.

»Wie soll ich das schaffen?«, murmelte er. »Wie soll ich das nur schaffen?«

»Haben Sie etwas gesagt, Herr Kurtsmeier?« Yvonne kam aus ihrem Büro.

»Gab es was Wichtiges, während ich draußen war, Yvonne?«

»Die Abteilungen bereiten sich auf den Produkt-Pitch vor. Die Unternehmensberater sitzen in den Startlöchern, überall summt und brummt es wie in einem Bienenstock.«

Ihre Worte sollten ihn aufmuntern, machten seine Lage jedoch nur noch quälender. Er starrte seine Bürotür an. Was sollte er dort? Fingernägel kauen? Jetzt konnte ihm nur noch eine helfen. Frieder änderte die Richtung.

»Wenn was ist, ich bin im Labor!«

Ein paar Minuten später betrat Frieder den Kellertrakt. Zielstrebig lief er durch den neonbeleuchteten Korridor. Seine Schritte hallten auf dem Beton. Plötzlich waren seine Schritte nicht mehr allein. Er wurde langsamer, blieb stehen.

»Wer ist da?«

Niemand war zu sehen. Vorsichtig ging Frieder weiter. Wieder hörte er Schritte.

»Zeig dich, verdammt noch mal!«

Aus dem Schatten einer Rohrleitung trat Rocco.

»Willst du mir Angst machen?«

»Das war beeindruckend, mein Alter.«

»Wovon redest du?«

»Dein Duell mit Gelfort im Fahrstuhl.« Rocco schob den Hut in den Nacken. »War es allerdings auch taktisch klug?«

»Du sagtest, ich soll Gelfort aufs Korn nehmen.«

»Aber nicht gleich mit der Tür ins Haus fallen.«

»Bin ich das?«

»Du hast ihn gewarnt.« Rocco ging weiter, Frieder lief neben ihm her. »Gelfort weiß jetzt, dass er dich nicht unterschätzen darf. Und Hansen weiß es natürlich auch. Damit hast du dir das Überraschungsmoment vermasselt.«

»Scheiße! Da bleibt mir nur noch übrig, beim großen Finale zu punkten.« Er zeigte zur Laborabteilung. »Deshalb will ich zu Joli.«

»Gute Idee. Allerdings sollten wir Gefort nicht so billig davonkommen lassen.«

»Woran denkst du?«

»Ich denke ...« Rocco grübelte und schüttelte den Kopf. »Nein. Ich denke ...«

»Was?«

Rocco grinste. »*Happy Birthday to you*«, summte er.

»Ein bisschen verständlicher, wenn's geht.«

»Die Party.«

»Schon wieder eine Party?«

»Gelforts Frau feiert Geburtstag. Es sollen einige wichtige Leute kommen.«

Frieder hörte davon zum ersten Mal.

»Leider sind wir nicht eingeladen. Das sollten wir ändern.«

»Und wie können wir Gelfort damit eins auswischen?«

»Lass mich nur machen.« Rocco tätschelte Frieders Wange. »Du kümmerst dich um dein Produkt, ich um den Partyzauber.«

»Gib mir wenigstens einen Tipp, was du vorhast.«

Rocco lachte breit. »Ich bin Rocco, der Facebook-Checker!« Damit trat er in den Schatten unterhalb des Lüftungsschachtes.

Frieder eilte in Jolindes Reich.

17

»Hi.« Sie pipettierte die Flüssigkeit aus einer Apothekerflasche. »Hab's schon gehört.«

»Was denn?« Frieder sah sich um. Hatte Joli sein Gespräch mit Rocco belauscht?

»Alle zehn Produkte sind beim Test durchgefallen.« Sie nahm die Brille ab.

»Macht das in der Firma etwa schon die Runde?«

»Nein. Ich habe nur vorhin bei dir angerufen. Du warst nicht im Zimmer, Yvonne hat abgenommen. Sie hat's mir gesteckt.«

»Schwamm drüber. Wir müssen uns was anderes ausdenken.« Er nahm ihr die Brille aus der Hand und guckte durch. »Puh.« Er blinzelte. »Ohne Brille brauchst du echt 'nen Blindenhund.«

»Noch so ein paar charmante Bemerkungen, und meine Knie werden ganz weich.« Lachend ließ sie sich von ihm die Brille aufsetzen. »Hast du den Wodka gut verkraftet?«

»Die Glibberwürfel waren echt der Hammer.«

»Du hast auch mindestens ein Dutzend davon verdrückt.«

»Super Rezeptur.« Ohne Umstände fasste Frieder Joli um die Taille. »Kein Kater, kein Kopfweh – so ein Produkt sollte mir mal einfallen!«

Sie schmiegte sich an ihn. »Ich hoffe, es war nicht nur der Wodka, dass du zuletzt so ... zutraulich wurdest.«

»Wie zutraulich?«

Jolinde biss ihn sanft ins Ohr. »Rrroaarrr.«

Bei Frieder stellten sich die Härchen auf. »Was den letzten Teil des Abends betrifft, habe ich offen gestanden einen Filmriss. Haben wir ... oder haben wir nicht?«

»Ehrliche Antwort?« Sie grinste.

»Raus damit. Ich kann's verkraften.«

»Ich habe keinen Schimmer. Alles, was ich weiß, ist ... violett und lila und orange.«

Sie umarmten sich.

»Wenn wir es theoretisch also getan haben könnten, dürfen wir uns theoretisch auch küssen«, sagte Frieder leise.

»Hier unten ist sonst niemand.« Sie bot ihm ihren Mund an.

Sie küssten sich lange. Frieder wartete darauf, dass Gewissenbisse auftauchen und ihn an Lena erinnern würde. Die Gewissensbisse blieben aus. Er liebte Lena – und küsste Jolinde. Das war eine neue Erfahrung für Frieder.

Wohlig ließ sie sich nach hinten sinken. »Hm, das war nett.« Sie öffnete die Augen. »Zurück zu deinem Problem.«

»Kannst du mir helfen?«

»Ich hab dir geholfen, so gut ich konnte. Die zehn Food-Ideen waren mein letztes Aufgebot. Wie willst du in der kurzen Zeit noch was aus dem Ärmel schütteln?«

»Und wenn wir uns heute Nacht in deiner Hexenküche einschließen und ein bisschen ... experimentieren?« Er zog sie zu einem der Arbeitstische.

»Ich glaube nicht, dass dein Problem mit Sex zu lösen ist.« Sie wurde ernst. »Ich habe keine Zeit. Meine Mutter ist in der Stadt.«

»Mist.«

»Andererseits ...«

»Ja?« Hoffnungsvoll sah er sie an.

»Du hast doch Lebensmitteltechnik studiert.«

»Ja. Und?«

»Dann kennst du dich mit dem Krempel hier unten aus.«

»Es ist zwar schon einige Zeit her, aber ...«

»Warum bleibst du nicht im Labor und probierst selbst dein Glück?«

Ungläubig sah er die Frau mit den verführerisch blauen Augen an. »Das würdest du riskieren? Du würdest mich hier allein lassen? Wenn Tastemaker dahinterkommt ...«

»Vertrauen gegen Vertrauen.« Sie küsste ihn frech und kurz. »Los, ich habe nicht ewig Zeit.« Sie zog ihn zu den Apparaturen. »Sperr die Ohren auf.«

Eine knappe Stunde später hatte Jolinde Frieder mit der Materie vertraut gemacht.

»Und was ist in dem Schrank da hinten?«, fragte er, während sie den weißen Mantel auszog, um in den Feierabend aufzubrechen.

»Das ist mein Giftschrank. Da geht keiner dran außer ich höchstpersönlich.«

»Welche Art von Gift?« Er half ihr aus dem Ärmel.

»Extreme Geschmacksverstärker, Konzentrate, nicht zugelassene Substanzen. Ohne Strichcode kommst du in den Schrank sowieso nicht rein.« Sie strubbelte Frieders Haar. »Willst du noch was zum Wachbleiben?«

»Nein, danke. Nach gestern Nacht ist mein Bedarf an Drogen erst mal gedeckt.«

Sie verabschiedeten sich mit einem langen Kuss.

»Der Letzte macht das Licht aus«, sagte Jolinde und verließ das Labor.

Frieder krempelte die Ärmel auf. Die Entwicklung eines Nahrungsmittels, das nicht Mutter Natur hervorgebracht hatte, geschah stets nach dem gleichen Schema. Man brauchte eine Rohmasse, die mit Geruchs-, Geschmacks-, und Hilfsstoffen versetzt wurde. Die gewünschte Note gab man per Suchbegriff in den Computer ein, der wählte aus dem Archiv das Gewünschte aus und stellte es bereit. So wurde eine Food-Idee gepimpt. Auf diese Weise konnte man alles nach allem schmecken lassen. Spaghetti würden nach Sauerkraut schmecken, wenn Frieder es wünschte, Sauerkraut nach Erdbeeren und Erdbeeren nach Schwarzwälder Schinken. Man fütterte den Computer mit den Parametern, er gab die Informationen zu Dosierung, Standort, Regalnummer. Danach brauchte nur noch die Konservierung durchgeführt werden, je nach Produkt chemisch, per Erhitzen oder durch Gefriertrocknung.

Während Frieder sich durch das Reich der Künstlichkeit arbeitete, begriff er einmal mehr, warum gewisse Dinge »Nahrungsmittel« genannt wurden und andere – weit weniger an der Zahl – »Lebensmittel«.

Was ich hier mache – all das, was Tastemaker produziert, braucht kein Mensch zum Leben, dachte Frieder. Eigentlich bin ich eine Schande für meinen Beruf.

Doch hohe Moralvorstellungen halfen ihm bei seinem Vorhaben nicht weiter. Frieder befüllte die Zentrifugen und ließ sie rotieren, er schickte Prototypen durch den Vakuumisierer. Die Technik allein machte noch kein Produkt, das Handwerk ersetzte nicht die Idee. Und genau die wollte Frieder nicht kommen! Stundenlang stand er am Herd, an den Apparaten und braute die absurdesten Gerichte. Pfannkuchenteig mit Pizzageschmack, essigsaures Speiseeis, er versuchte sogar den kernigen Geschmack zu kreieren, den die Maden und Mehlwürmer in seinem Müsli erzeugt hatten. Es gelang nicht, es konnte nicht gelingen, denn Frieder glaubte nicht daran. Mit jeder abwegigen Mischung verachtete er sich ein bisschen mehr.

Müde und aller Illusionen beraubt, sank er auf Jolindes Arbeitsstuhl. Sollte er aufgeben? Einen Versuch wollte er noch unternehmen. Wenn der nichts brachte, mochte der Teufel den Produkt-Pitch holen und Gelfort und Hansen und die ganze Firma dazu.

Frieder checkte die Lebensmittelvorräte und wählte als Basisstoff eine handelsübliche Mischung aus Erbsen und Möhren. Er bereitete ein Experiment im Gefriertrockner vor. Als er das Gerät öffnete, entdeckte er in dem blitzblanken Edelstahlinneren eine Verunreinigung. Jedes Experiment musste unter sterilen Voraussetzungen durchgeführt werden. Er begutachtete das bisschen Dreck genauer und erkannte, dass es sich um eine Wespe handelte, die auf Miniaturformat geschrumpft worden war. Sie musste sich in den Apparat verirrt und dort den Tod gefunden haben. Frieder legte die Liliputwespe beiseite und platzierte seinen Gemüsemix im Gefriertrockner. Er stellte auf Stufe 3, und das gewohnte helle Surren ertönte.

Während Frieder auf das Ergebnis wartete, legte er die Stirn für einen Augenblick auf die weiße Arbeitsfläche.

Nur einen Moment ausruhen, dachte er, gleich mache ich weiter.

Frieder erwachte und schreckte auf. Wo war er? Er sah das leere Labor. Wie spät war es? Herrgott, wie konnte man in einer entscheidenden Nacht wie dieser bloß einpennen! Er zückte sein Telefon – kurz nach sechs. In ein paar Minuten würde der Frühdienst bei Tastemaker einrücken. Das Labor war ein hochsensibler Bereich, der nachts verschlossen blieb. Man durfte Frieder hier nicht finden, er hätte Jolinde damit in ernste Schwierigkeiten gebracht.

Frieder sprang auf, suchte seine Sachen zusammen, prüfte, ob alles halbwegs an seinem Platz stand und eilte aus dem Keller. Er nahm nicht den Aufzug, sondern das Treppenhaus. Durch einen Notausgang gelangte er ins Freie. Er wollte heim, duschen, frühstücken, und sich erneut an die Arbeit machen.

Welche Arbeit?, dachte er laufend. Du hast dich heute Nacht aufgeführt wie ein perverser Zauberlehrling. Du wolltest Dinge kreieren, die niemand braucht – außer dir selbst, um deinen Job zu retten. Wie krank und sinnlos das alles war!

Während Frieder ans Fenster eines parkenden Taxis klopfte, sagte er sich, dass es irgendwo im Universum noch einen anderen Weg geben musste, um seinem lächerlichen Leben einen Sinn zu geben.

18

Nicht der Wecker holte Frieder aus seinem flüchtigen Schlaf, sondern der Computer. Der Laptop stand offen – hatte er ihn nicht geschlossen? – und auf dem Monitor *tat* sich allerhand.

»Jetzt habe ich schon Erinnerungslücken.« Benommen vor Müdigkeit torkelte Frieder hin.

Der Laptop hatte die Facebook-Welt geöffnet. Dort ging es hoch her, und zwar in Roccos Account. Fast im Sekundentakt kamen Nachrichten herein. Was machte die Rocco-Gemeinde so nervös, worüber regten die sich auf? Verwundert setzte Frieder sich auf die Couch und begann die Posts zu lesen.

Pit Rakete Hut oder Mütze?

Lars Dontstopthemusic Ist doch Jacke wie Hose!

Simply Barbarella Ich präsentiere meine neue Schiebermütze!

Jo Hannesburg Ich habe versucht, so einen kultigen Rocco-Hut aufzutreiben. Glaubt mir, das Modell ist vergriffen!

Eulalia von Eichenhain-Uhland Hallöööle! Ich hab offenbar den Anfang verpasst. Was geht ab?

Lars Dontstopthemusic Rocco hat ne brandheiße Veranstaltung gepostet!

Eulalia von Eichenhain-Uhland Hammerperformance! Welches Motto?

Lars Dontstopthemusic Er nennt es »Barbecue-Blitzparty – free drinks!«

Eulalia von Eichenhain-Uhland Cool! Gibt's da auch Nudelsalat? Gehört zum Grillen eigentlich dazu.

Linda Love Soll man was mitbringen?

Lars Dontstopthemusic Hey, Engelchen! Das ist kein Schaschlik-Treff in Moabit! Das ist ein Mega-Rocco-Event!

Linda Love Sorry, klar. Es ist nur, weil mein Freund die Tiefkühltruhe voll Berner Würstel hat.

Lars Dontstopthemusic Warum fragst du Rocco nicht, ob Berner Würstel erwünscht sind?

Eulalia von Eichenhain-Uhland Hey, ihr Würstelfreaks! Ihr habt noch nicht rüberwachsen lassen, WOOOO die Location ist!

Pit Rakete Im Haus eines engen Rocco-Freundes.

Simply Barbarella Es sollen auch Promis kommen, hört man. Ist da was dran?

Eulalia von Eichenhain-Uhland Echte Promis oder solche, die es noch werden wollen?

Lars Dontstopthemusic Til Schweiger, hört man. Aber – Leute! Das habt ihr nicht von mir. Rocco reißt mir sonst den Kopf ab.

Pit Rakete Til ist nicht der Einzige. Rocco hat angedeutet, dass der Minister auftauchen wird.

Eulalia von Eichenhain-Uhland Welcher?

Lars Dontstopthemusic Der, den keiner mehr mag.

Linda Love Guttenberg kommt?

Lars Dontstopthemusic Von welcher Alm bist du entlaufen? Ernährung und Verbraucherschutz natürlich!

Simply Barbarella Soll der doch was zu essen mitbringen!

Jo Hannesburg Was bringt Til Schweiger mit? Keinohrhasen?

Linda Love Tschuldigung – wo war noch mal der Treff?

Frieder las die Adresse. Er las sie ein zweites und ein drittes Mal. Endlich begriff er, was Rocco vorhatte. Die Rocco-Jünger waren geladen, die Barbecue-Blitzparty in Gelforts Haus zu feiern! Was das bedeutete, ahnte Frieder – ein Flashmob. Roccos Idee war teuflisch – teuflisch gut.

Linda Love Was hat es mit diesem Mütze-oder-Hut-Dresscode auf sich?

Lars Dontstopthemusic Wir sollen dort alle als »Rocco« aufkreuzen. Jeder ein waschechter Rocco-Rocco – das ist der Ultrahype!

Eulalia von Eichenhain-Uhland Keiner kann sich mit Rocco messen.

Simply Barbarella So oder so wird man von dem Abend noch lange sprechen.

Es ging immer so weiter. Die Beweihräucherung des Rocco-Clans kannte keine Grenzen. Irgendwann klappte Frieder den Laptop zu.

»Du bist ein Satan, Rocco!«, rief er in sein stilles Zimmer. »Dass du so weit gehst, hatten wir nicht abgesprochen!«

Vor dem Fenster zwitscherte ein Vogel.

»Komm heraus und zeig dich!«

Niemand antwortete, niemand zeigte sich.

»Als dein Schöpfer befehle ich dir, mit mir zu reden!«

Frieder stellte sich breitbeinig in seine muffige Wohnung, barfuß, in Boxershorts. »Du bist zu weit gegangen, Rocco! Was du hier anzettelst, kann leicht außer Kontrolle geraten.«

Er hörte ein Geräusch aus dem Flur. Gehorchte Rocco Frieders Ruf?

»Verstehst du mich?« Mit drei Schritten war er im Korridor.

»Mit wem redest du?«, fragte eine zarte Stimme.

Frieder brauchte einen Augenblick, um zu kapieren, wer der kleine Junge war.

»Sven – was machst du denn hier?«

»Ich wollte dir was zeigen.« Der Sohn des Hausmeisters drückte sich auf der Schwelle herum. »Du hast deine Wohnungstür nicht richtig zugemacht.«

»Ist dein Papa bei dir?« Mit einem Blick ins Treppenhaus vergewisserte sich Frieder, dass nicht etwa Herr Borolski seinen Sprössling hochgeschickt hatte.

»Papa arbeitet.«

Frieder hatte momentan nicht die Nerven, mit dem Kleinen zu plaudern. »Kannst du ein andermal wiederkommen, Sven?«

»Da.«

Hinter seinem Rücken holte der Junge ein großes Modellauto hervor. Es hatte seine besten Tage hinter sich, sah aber immer noch schnittig aus.

»Sven! Das ist eine Wucht!« Frieder begutachtete das Plastikding. »Ich hab's dir vorhergesagt, dein Papa wird dir eines schenken.«

»Das ist nicht von Papa.«

»Von der Mama also.«

Plötzlich zog ein Strahlen über Svens Gesicht. »Nein. Das hat mir Lotti geschenkt.«

»Lotti ... Lotti?«

»Ich soll mit Mädchen spielen, hast du gesagt. Das wollte ich nicht, aber Lotti kam von selbst zu mir. Sie hat drei Brüder, die haben massenweise Autos, mit denen sie nicht mehr spielen.«

»Du hast das Auto von einem Mädchen?« Frieder grinste. » Ich sag's ja: Manchmal sind Mädchen gar nicht so übel.«

»Mit wem hast du gerade geredet?«

»Mit einem Freund – am Telefon.« Frieder musste aufstoßen. Er brauchte dringend was in den Magen. Danach musste er zurück zur Arbeit.

»Wenn ich geduscht habe, gehe ich ins Café. Begleitest du mich?«

Der Junge nickte. »Guck mal, wie schnell der ist – brrrmmm!«

»Gut, bis gleich!« Er schloss die Tür.

Die Unterbrechung hatte Frieder wieder auf den Boden der Tatsachen geholt. Genau besehen, war Roccos Plan das Richtige, um Gelfort einen Denkzettel zu verpassen. Man musste es beim Flashmob ja nicht zum Äußersten kommen lassen. Frieder ging ins Bad und drehte die Dusche auf.

Ene halbe Stunde später traf er im Labor ein.

»Du hast eine ziemliche Sauerei hinterlassen«, begrüßte ihn Jolinde. Sie hatte ihre Laboruniform gegen ein rückenfreies Oberteil und Jeans eingetauscht.

»Ich dachte, ich hätte aufgepasst.«

»Wie ist es denn gelaufen?«

»Was ist die Steigerungsform von beschissen?« Er ließ die Schultern sinken. »Trotz aller Versuche wollte mir nichts gelingen.«

»Außer dass du meine Geräte verunreinigt hast.« Jolinde zeigte ihm ein paar schrumpelige Krümel, die sie aus dem Gefriertrockner holte.

Er kniff die Augen zusammen. »Ich dachte, ich hätte die Wespe entsorgt.«

»Das soll eine Wespe sein?«

Er begutachtete die Krümel genauer. Sie waren rötlich und grünlich. Frieder tat sie auf eine Handfläche. Die Möhren-Erbsen-Mischung war ebenso geschrumpft wie das Insekt, das er im Gefriertrockner gefunden hatte.

»Sorry, das habe ich vergessen, rauszuholen. Ich war hundemüde.« Er öffnete den Müll und wollte es wegwerfen.

»Sekunde.« Jolinde hielt seine Hand fest.

»Ist doch nur Staub, was willst du damit?«

»Beim Gefriertrocknen werden die Lebensmittel komprimiert, weil ihnen das Wasser entzogen wird. Man kann sie jederzeit wieder in ihren Urzustand versetzen.«

Jolinde tat das Miniaturgemüse auf einen Teller und übergoss es mit warmem Wasser. In wenigen Sekunden quollen die unansehnlichen Krümel zu Erbsen und Möhren auf.

»Netter Trick.« Frieder war nicht besonders beeindruckt.

»Mehr als ein Trick. Könntest du daraus nicht etwas machen?«

Mit dem Bleistift spießte er eine aufgequollene Erbse auf. »Reduktion von Speisen«, sagte er nachdenklich.

»Gutes Stichwort. Denk an den eiswürfelgroßen Wodkapudding. Da war alles drin, was man braucht, um gut draufzukommen.«

»Reduktion.« Die aufgespießte Erbse in der Hand, lief Frieder durch das Labor. »Mini-Menü – Small-Food.« Er assoziierte frei.

»Mach weiter!« Sie warf ihr Haar in den Nacken.

»Convenient Dinner!« Unsicher drehte er sich um.

»Warum nicht? Wie sieht dein Convenient Dinner aus?«

»Es ist ein Essen ...« Er überlegte. »Eine Mahlzeit, die klein und praktisch ist, aber genauso schmeckt wie ihr konventioneller größerer Bruder.«

Er lief zum Arbeitstisch und machte sich Notizen. »Ein Mini-Dinner für junge Leute, die ganz besonders viel unterwegs sind, wenig Zeit haben, Leute, für die es ganz besonders schnell gehen muss!«

»Und was unterscheidet dein Convenient Dinner von – sagen wir mal – einer herkömmlichen Tütensuppe?«

»Es ist nicht nur *ein* Gericht! Verstehst du? Eine ganze Mahlzeit! Vorspeise, Hauptgang und Dessert! Alles säuberlich voneinander getrennt und auf die Größe einer Streichholzschachtel komprimiert. Das ist neu! Das gab's noch nie!« Er klatschte in die Hände.

Joli nickte glücklich. »Vielleicht hast du im letzten Augenblick doch noch was gefunden.«

»Wieso vielleicht?«

Sie zeigte auf die Erbse. »Wir wissen noch nicht, wie es schmeckt.«

Mit einem Happs pickte er die Erbse von der Bleistiftspitze, kaute, schmeckte, schluckte.

»Der Geschmack ist irgendwie ... schwächer als beim Original«, sagte er enttäuscht.

»Kein Wunder.« Sie nahm eine Möhre. »Die Geschmacksstoffe sitzen auch in der Flüssigkeit, die du entzogen hast.«

Sie kostete ebenfalls. »Das Zeug kannst du bestenfalls als Altersheim-Nahrung verkaufen.«

»Was machen wir da?« Frieder wollte nicht wahrhaben, dass sich die Idee in Luft auflöste.

Joli seufzte. »Was ich in solchen Fällen immer mache: Ich setze Aromen und Geschmacksverstärker zu.«

»Der Verbraucher muss die gleiche Qualität erwarten dürfen wie bei konventionellem Essen. Je kleiner, desto größer sollte die Geschmacksentfaltung sein!«

Vor der Glastür eines Vorratsschrankes blieb Frieder stehen. Sein Spiegelbild starrte ihn an. Ein angespanntes Gesicht mit verkniffenen Augen, ein Typ, der sich verzweifelt wünschte, dass seine Idee gelingen möge.

»Gibt es keine andere Möglichkeit als die chemische?«

»Du bist süß.« Sie sah ihn herzlich an. »Seit Jahren arbeitest du in unserem Laden und kapierst erst jetzt, dass du einen Pakt mit dem Teufel geschlossen hast?«

»Könnten wir nicht wenigstens versuchen, das Convenient Dinner so natürlich wie möglich herzustellen?«, fragte er kleinlaut.

»Zuerst müssen wir testen, wie unterschiedliche Gerichte reagieren, wenn sie gefriergetrocknet und danach wieder hydriert werden. Eiweiß schrumpft anders als Kohlehydrate oder Fett.«

»Du bist der Meister, ich dein Zauberlehrling. Machen wir uns an die Arbeit.« Kurz berührte Frieder ihren Arm. »Danke, Jolinde.«

»Die Idee kam von dir.«

»Womit fangen wir an?«

Sie ging zum Kleiderschrank. »Zieh das erst mal an.«

Er schlüpfte in den Laborkittel. Wie zur Beschwörung streckte er die Arme über den Arbeitstisch. »Convenient Dinner – erscheine!«

Joli lachte und ging zum Kühlschrank.

19

Als es Abend wurde, hatten sie Unmengen von Geschmacksrichtungen ausprobiert, kombiniert, getrocknet, gepresst, wieder hydriert, gekostet, Geschmacksstoffe zugesetzt und die Gerichte, die ihnen am gelungensten erschienen, in die Form winziger Pellets gepresst. Rote, gelbe, grüne, Gemüse, Fisch und Fleisch, Reis und Kartoffeln, Pudding und vieles andere mehr.

»Der Geschmack ist und bleibt der Pferdefuß bei der Sache.« Joli ließ sich auf den Bürostuhl fallen.

Frieder machte eine wegwerfende Geste. »Bis die obere Firmenleitung bei der Präsentation etwas zu futtern kriegt, habe ich die so zugelabert, dass sie praktisch alles essen.«

»Zugelabert, du?« Joli lachte. »Du kriegst schon Muffensausen, wenn dir ein paar verängstigte Test-Esser gegenübersitzen.«

»Früher war das vielleicht so. Aber die Zeiten sind vorbei. Heute bin ich der Laber-Frieder. Ich lass sie nicht zu Atem kommen. Sie müssen vollkommen scharf darauf sein, meine Food-Idee zu probieren, richtig heiß!«

Er quetschte sich zu Joli auf den Stuhl und küsste sie übermütig.

»Das ist Belästigung am Arbeitsplatz.« Sie erwiderte seinen Kuss. Schließlich schob sie ihn beiseite. »Das will ich sehen.«

»Was?«

»Wie du das Convenient Dinner präsentierst.«

»Das wirst du.« Er streichelte ihr Haar. »Brauchst morgen nur zur Präsentation zu kommen.«

»Das dauert mir zu lang. Zeig's mir jetzt!«

»Sofort?«

Sie gab ihm einen Knuff, dass Frieder fast vom Stuhl fiel.

»Beweis es!«

»Du hast es so gewollt.«

Er stand auf, fuhr sich durchs Haar, rückte seinen Kragen zurecht und stellte sich hinter dem Arbeitstisch in Positur.

»Sehr geehrter Herr Schermann, lieber Vincent Maurer, lieber Herr Gelfort, liebe Kollegen von der Unternehmungsberatung. Je fortgeschrittener die menschliche Kultur, desto verfeinerter sind ihre Essgewohnheiten, Rezepte und Tischsitten. Die Esskultur des Menschen ist etwas, das in vielen Jahrhunderten gereift ist.«

»Schwafel nicht«, unterbrach ihn Jolinde. »Komm zum Wesentlichen.«

»Wie Sie wünschen, Herr Schermann.« Er legte die Fingerspitzen aneinander. »Die epochale Leistung von Tastemaker besteht darin, dass wir den Menschen unsere Geschmackskreationen, unsere Essensästhetik, unser Desgin aufprägen. Der Konsument glaubt, er isst, was ihm schmeckt, dabei isst er, was wir ihm sagen, das ihm schmecken soll! Wir erfinden seine Bedürfnisse.«

»Auf den Punkt!« Joli klatschte in die Hände. »Leider könnte man glauben, du propagierst die Meinung der Tastemaker-Gegner.«

»Abwarten!« Dozierend begann Frieder auf und ab zu gehen.

»Ich habe mit Hilfe meiner reizenden Kollegin …« Er deutete eine Verbeugung an. »… ein Produkt entwickelt, das unseren Zeitgeist auf ideale Weise spiegelt. Es ist nicht nur Food, sondern Statement. Ein Produkt, mit dem sich der Konsument identifizieren wird, das ihn unter Seinesgleichen glücklich macht.«

Er richtete den Strahl der Arbeitslampe auf die vorbereiteten Teller.

»Was wir vorhaben, ist nicht mehr und nicht weniger, als einer Generation, die ständig auf dem Sprung ist, eine Mahlzeit zu bieten, die so easy, hip und versatile ist wie sie selbst!«

»Stichwort Spiegelkommunikation!«, rief Joli.

»Danke für diese Anregung, Herr Schermann! Was bedeutet Spiegelkommunikation? Kurz gesagt heißt es: Was ich selbst bin, erwarte ich auch von den Produkten, die ich kaufe.«

Frieder stellte sich in Positur.

»Unser Essen ist wie ein iPod, klein, handlich und immer dabei. Cool Food für eine neue Generation!«

Er griff in mehrere Teller, nahm unterschiedliche Pellets, schüttelte sie in seiner Hand und ließ sie über die Tischplatte schlittern. Wie ein fröhlicher Konfettiregen sah das aus.

»Entdecken Sie das Essen der Zukunft – Convenient Dinner!«

Joli imitierte die soignierte Sprechweise von Schermann. »Zeigen Sie uns, wie das funktioniert, Herr Kurtsmeier.«

»Mit dem größten Vergnügen.«

Er kehrte zur langen Reihe von Tellern zurück.

»Für ein schmackhaftes Hauptgericht nehme ich zum Beispiel zwei Pellets gedünstete Möhren, einmal Geschnetzeltes von der Sorte Freiland-Kalb, dazu ein Pellet gekochte Erbsen sowie drei Einheiten Kartoffelpüree. Fertig ist ein Gericht der traditionellen Hausmannskost, für das Mutti normalerweise eine Stunde in der Küche stehen müsste.«

Er sortierte die Pellets nach Farbe und Größe auf einem leeren Teller, goss Wasser darüber und schob das Ganze in die Mikrowelle.

»In ein paar Sekunden ist es so weit.«

Er sprang zum Tisch.

»In der Zwischenzeit zaubern wir eine pikante Vorspeise.«

Frieder wählte andere Pellets aus.

»Wie wäre es mit Risotto Milanese, dazu Parmesan und Austernpilze? Convenient Food at its best!« Auch dieser Teller wanderte in die Mikrowelle.

»Dem Kombinationsreichtum sind keine Grenzen gesetzt! Es ist ein universeller Food-Kit. Der moderne Konsument will nicht lange nachdenken, was er isst. Er ist zu beschäftigt, der Stress sitzt ihm im Nacken, er will genießen. Daher gibt es neben der Zusammenstellung à la carte auch den fertigen Bausatz, das Menü für zwischendurch.«

Das Pling der Mikrowellen machte sie darauf aufmerksam, dass die Gerichte fertig waren.

»Jetzt kommt der schwierigste Teil«, sagte er zu Jolinde. »Jetzt müssten sie das Zeug essen.«

»Das lässt sich bei einer Präsentation kaum vermeiden.«

Sie nahmen die Teller aus den Fächern.

»Bisschen matschig und kantinenmäßig sieht es immer noch aus.« Sie schnupperte. »Aber was den Geruch betrifft, bringen's meine Aromastoffe voll! Und ich schaue mal, was ich noch an Geschmacksverstärkern dazugeben kann. Ich habe gerade etwas ganz Neues aus Kalifornien bekommen.«

»Perfekt. Und den Rest kaschieren wir mit Verpackung und Design.« Frieder umarmte sie von hinten. »Hochglanzfotos von knackigem Gemüse, TV-Spots, Links im Internet, Gewinnspiele, all so was.«

»Du hast die Gesetze des Satans schnell begriffen.« Sie zog seine Hände auf ihre Brüste.

»Glaubst du?« Er knabberte an ihrem Nacken. »Ist der Teufel nicht eher eine Frau?«

Sie küssten sich, bis ihre Brille beschlagen war.

»Tut mir leid«, sagte sie außer Atem. »Für mehr fehlt mir im Augenblick die Zeit.«

»Mehr, mehr, mehr!«, knurrte er.

»Es gibt noch ein Leben außerhalb des Labors.« Sie schob ihn sanft von sich. »Ich habe eine Besprechung.«

»Mit wem?«

»Was geht dich das an?«

»Von Satan zu Satan: Mit wem triffst du dich?«

»Wenn du's genau wissen willst: mit Hansen.«

Frieder fuhr zurück. »Mit dem Rhinozeros, um diese Zeit?«

»Darf ich dich erinnern, dass Hansen morgen auch eine Präsentation zu bestreiten hat?«

»Ich dachte, der hätte seinen Leuchtgummi längst unter Dach und Fach.«

»Es gibt noch ein paar Details zu klären.« Sie richtete ihr Haar. »Sei nicht ungerecht: Ich habe dir mehr Zeit gewidmet als allen anderen Kollegen.« Grinsend kniff sie ihn in die Bauchfalte. »Es war mir ein Vergnügen. Aber jetzt gilt wieder *business as usual.*«

»Na schön. Mach's nicht zu lang.« Er seufzte. »Gehen wir später noch auf einen Drink?«

»Würde mich freuen.«

Ein letzter Kuss, sie zupfte ihr Oberteil zurecht. Im Hinausgehen drehte sich Jolinde noch einmal um.

»Zu schade, dass Schermann deine Generalprobe nicht gesehen hat. Er wäre begeistert gewesen.«

»Glaubst du?«

»Sie war brillant. Viel besser als das Essen, das du morgen präsentierst.«

»Bis später! Ich freu mich schon!«

Kaum hatte sich die Tür hinter Jolinde geschlossen, nahm Frieder eine Bewegung hinter sich wahr.

»Gratuliere.« Rocco hockte auf dem Arbeitstisch.

Reflexhaft sah Frieder sich um, ob Joli das Auftauchen des Mannes mit dem Hut noch mitbekommen hatte.

»Astronautennahrung für den Großstadtmenschen.« Rocco lachte. »Cool und sexy. Ein echtes Zeitgeist-Ding.«

»Ein Zeitgeist-Scheiß«, erwiderte Frieder erschöpft. Nun, da Jolinde weg war, verlor die ganze Sache ihren Schwung.

»Nein, ehrlich, die Idee ist prima.«

»Sie ist Schrott.« Er ließ sich in den Sessel fallen. »Eine weitere von vielen verzichtbaren Ideen, die nur dazu da sind, den Konsumenten zu verarschen.«

»Sie könnte deinen Arsch retten.«

»Meinen Job, meinst du.«

»Ist das nicht dasselbe?«

»Ich weiß ehrlich gesagt gar nicht mehr, warum ich so an dem Job hänge.« Er fuhr sich gähnend über die Augen. »Trotzdem werde ich den Schrott wohl morgen präsentieren.«

»Und gewinnen.« Rocco sprang vom Tisch.

»Woher willst du das wissen?«

»Weil ich nachhelfen werde.« Rocco sah sich in Jolindes Reich um. »Wo würde sie es aufbewahren?«

»Was?«

»Das Ding, das dir gefährlich werden kann.«

Rocco öffnete Schränke, zog Schubladen auf, schaute im Kühlraum nach. Schließlich drehte er sich um.

»Wie kriegt der Kaugummi seine endgültige Form?«

»Die Masse wird zerschnitten oder gestanzt.«

»Zerschnitten! Vielen Dank.«

Rocco wandte sich zu den Schneidemaschinen. Er öffnete die erste.

»Na, wer sagt's denn!«

Darin lagen vier Bleche voll giftgrüner Masse, maschinell gleichmäßig ausgerollt. Die Perforierung war bereits gestanzt worden.

Rocco nickte zufrieden. »Deine Freundin hat für morgen alles vorbereitet.«

Frieder stellte sich an Roccos Seite. »Ist da etwa …?« Er checkte die Chargen-Markierungen der einzelnen Bleche.

Finaler Test.

Finaler Test Reserve.

Präsentation.

Präsentation Reserve.

»Das ist der Prototyp von Hansens Kaugummi.«

»Sieht eher normal aus«, sagte Rocco.

Frieder nahm einen Streifen und roch daran. Anis-Aroma, dazu Spearmint. Aber da war noch etwas anderes.

»Dann wollen wir mal probieren.« Rocco nahm einen Streifen in den Mund und kaute. »Mhm – das ist – ich glaube, das ist …«

Er kaute schneller. »Ich fürchte, da ist Hansen etwas Ungewöhnliches gelungen.«

Er hielt Frieder einen anderen Streifen hin. »Was meinst du?«

Frieder leckte daran, biss eine kleine Probe ab und kaute.

Anis war der Eröffnungsgeschmack, gefolgt von Minze. Ein wenig asiatisches Lemongras kam durch und ein Hauch von Litschi. Das Entscheidende, das Frieders Zunge ertastete, waren jedoch knusprige Körnchen. Wenn man sie zerbiss, knackte es und knallte, als ob im Mund kleine Explosionen stattfanden. Dazu breitete sich das Litschi-Flavour fruchtig aus.

Kauend schloss Frieder die Augen. »Als ob man am Strand sitzt, und das Meer schwappt sanft über deine Füße.«

»Du solltest in der Werbeabteilung arbeiten.« Rocco kaute.

»Ich kenne dieses Zeug aus meiner Kindheit.« Frieder zerbiss die Körner. »Als ich klein war, haben wir uns Brausekörnchen in den Mund geschüttet, Pop Rocks nannten die sich. Das knisterte und prickelte genauso schön.«

Nachdenklich holte er den zerkauten Gummi aus dem Mund. »Das hat Hansen mit seinem *echten Knaller* gemeint.«

»Woraus werden die Knallkörnchen gemacht?«, wollte Rocco wissen.

»Das sind Porrocks Nummer 48, nehme ich an. Nein, bei der Stärke des Effekts dürfte Jolinde Porrocks 66 verwendet haben. Beim Kontakt mit Feuchtigkeit zerspringen sie im Mund.«

»Sechsundsechzig, so, so.« Rocco sah sich um. »Wo könnte sie ihren Porrocks-Vorrat aufbewahren?«

»Keine Ahnung«, antwortete Frieder, der nicht wollte, dass Rocco schon wieder üble Tricks anwandte. Doch ein Blick zu Jolis Giftschrank hatte ihn verraten.

»Vielen Dank.« Rocco näherte sich dem Schränkchen. »Ich bin sicher, deine Freundin hält ihren Geheimvorrat unter Verschluss.«

»Klar. Ohne Chipkarte kommst du nicht dran.«

»Wirklich nicht?« Mühelos öffnete Rocco den Schrank. »Wo haben wir es denn? Aminosäuren, GHB, Extrakte aus der Bullenmast – ah, da steht es! Porrocks in unterschiedlicher Dosierung.«

Frieder folgte ihm. »Rocco, nicht. Hansens Kaugummi ist eine tolle Kreation. Entschieden besser als mein Convenient Dinner. Ich gönne ihm den Triumph.«

»Niemals darfst du andere auf die Überholspur lassen!« Rocco hatte jeglichen Humor verloren.

Auf Frieders überraschtes Schweigen, fuhr er ihn an: »Glaubst du etwa, den Erfolg gibt es umsonst? Glaubst du, Erfolg hat der

Netteste im Team? Der Ehrlichste, der Fairste? Du hast mich um Hilfe gebeten, weil du ein Loser warst. Du hast mich gerufen, damit ich dir die Mittelmäßigen aus dem Weg räume, damit du auch mal auf die Siegerstraße darfst.«

Drohend sah Rocco ihn an. Die Hutkrempe warf einen Schatten über seine Augen.

»Und jetzt, wo du es fast geschafft hast, willst du die Friedenstauben steigen lassen? Willst gut Freund sein mit Hansen, nur weil sein Kaugummi so schön prickelt?«

Rocco nahm die große Dose Porrocks 66 und näherte sich den Blechen.

»Wir ziehen das bis zu Ende durch. Hansen soll brennen! Er ist dein Feind, er wird ausgeschaltet. So läuft das! Für ein Fähnchen im Wind springt Rocco nicht in die Bresche.«

Bleich stand Frieder an der Wand.

»Wer – bist – du?«, flüsterte er.

»Ich bin der, der du immer sein wolltest«, antwortete Rocco und öffnete die Dose. »Wie viel von dem Zeug hat Joli verwendet?«

Frieder rann der Schweiß den Rücken hinunter. »Hundert Gramm auf jedes Blech, würde ich sagen.«

»Das scheint mir etwas wenig.« Roccos Blick ging von der neongrünen Masse zur Dose. »Wir peppen das geschmacklich auf.«

Er schüttete und hörte so lange nicht auf, Porrocks 66 auf die Bleche zu streuen, bis sein Vorrat verbraucht war.

Frieder beobachtete, wie die Körner langsam in die Masse sanken. »Das wird die Geschmacksnote stark verfremden«, gab er zu bedenken.

»Worauf du dich verlassen kannst!«, lachte Rocco.

Frieder setzte sich. »Hansen hat viel Arbeit in das Produkt gesteckt. Du ruinierst es. Auf diese Weise zu gewinnen, macht keinen Spaß.«

Wie ein guter Freund trat Rocco zu Frieder und legte ihm einen Arm um die Schultern.

»Heute denkst du noch so«, sagte er sanft. »Morgen und in den Tagen darauf wirst du dich daran erinnern, dass Hansen dir das Leben schwer gemacht hat, dass er dich schikaniert und im Team mit Gelfort loszuwerden versucht hat. Und dann wirst du denken: Scheiß auf Hansens Kaugummi. Hauptsache, ich bin der Erste.«

Frieder sah Rocko schräg von der Seite an. »Du meinst, weil Hansen ein Arschloch ist, muss ich mich auch wie eins benehmen?«

»Habe ich deinem Leben nicht auf die Erfolgsspur geholfen?« Rocco tätschelte ihm die Schulter. »Vertrau mir. Wenn du das durchziehst, sind dir nach oben keine Grenzen mehr gesetzt.«

Mit mulmigem Gefühl sah Frieder zu, wie Rocco die Bleche in die Schneidemaschine zurückschob.

»Bis morgen.« Er tippte an seinen Hut.

»Als es dich noch nicht gab, war ich unglücklich«, sagte Frieder. »Mittlerweile denke ich manchmal, ich war glücklicher als heute.«

»Träum weiter«, sagte der Dunkle und verschwand.

20

Lena Luna Hallo Frieder. Wie geht's?

Mit dieser Nachricht begrüßte ihn sein Laptop. Gedankenversunken war Frieder nach dem langen Arbeitstag heimgelaufen. Im Park hatte er Sven zugewinkt, der mit einem Mädchen in seinem Alter spielte. Als Frieder seine Wohnung betrat, hatte er den Laptop offen gefunden. Der Flashmob fiel ihm ein, die Party bei Gelfort. Doch bevor er etwas unternehmen konnte, war Lena in seiner Facebook-Welt aufgetaucht. Zu jedem anderen Zeitpunkt hätte er sich darüber gefreut. Heute war nicht der Tag, nicht die Nacht, um eine zarte Bindung aufleben zu lassen. Heute war Kampftag.

Lena wiederholte ihren Lockruf.

Lena Luna Ich seh doch, dass du online bist.

Frieder Kurtsmeier Bin gerade erst heimgekommen. Völlig erledigt.

Lena Luna Geht es um den Pitch? Ich bin sicher, du hast das Problem gewuppt.

Hatte er das? Frieder hatte sich möglicherweise ein Problem vom Hals geschafft, dafür waren neue dazugekommen. Das größte und brennendste hieß »Flashmob«.

Frieder Kurtsmeier Lass uns nicht über meinen Stress reden. Wie geht es dir?

Lena Luna Beim letzten Mal hast du gesagt, wenn ich mal wieder vom Schicksal gemobbt werde, soll ich mich an Frieder wenden.

Frieder Kurtsmeier Schieß los.

Lena Luna Dieser Typ, von dem ich nix mehr wissen wollte, hat sich bei mir gemeldet.

Frieder Kurtsmeier Du meinst hoffentlich nicht Vincent Maurer.

Lena Luna Ach wo, der ist Geschichte. Ich meine Rocco.

Frieders Finger krallten sich so heftig um den Laptop, dass das Gehäuse knackte.

Mir wird das langsam zu viel mit dem Wunderknaben, dachte Frieder. Ich kann das Wort Rocco nicht mehr hören!

Frieder Kurtsmeier Der hat dich doch aufs Übelste versetzt!

Lena Luna Sicher, klar, und das wird er mir auch irgendwann büßen. Andererseits hat Rocco einen abgefahrenen Event gepostet, zu dem ich heut Nacht auch kommen soll.

Frieder wurde mulmig. Würde Rocco so weit gehen, Lena in die Sache hineinzuziehen? Natürlich würde er! Sein dunkler Gefährte zeigte sich mit jedem Mal teuflischer.

Frieder Kurtsmeier Ich glaube, du solltest dort nicht hingehen.

Lena Luna Du weißt, was für ein Event das ist?

Frieder Kurtsmeier Ich kann's mir vorstellen.

Lena Luna Ich finde die Idee ultra. Alle tauchen als Rocco auf! Ich habe schon meinen Schrank durchwühlt und einen Rocco-Hut gefunden.

Frieder Kurtsmeier Hast du einen Flashmob schon mal mitgemacht? Das kann gefährlich werden.

Lena Luna Ich dachte, du bist neuerdings lockerer geworden. Natürlich wird das wild. Das ist ja der Sinn dabei! 30 Minuten Partytime, dann verschwinden alle wie ein Spuk. Und wen hat man gesehen? Rocco – hundertfach reloaded!

Frieder hätte Lenas Euphorie gern geteilt, doch was diesen Punkt betraf, schwand seine Achtung für sie. War sie auch bloß eine oberflächliche Partymaus, die sich am liebsten zu Tode amüsierte? Ging etwa auch ihr der Fun-Faktor im Leben über alles?

Spiel dich mal nicht so auf, ermahnte Frieder sich selbst. Vor Kurzem hast du selbst noch danach gelechzt, zu dieser gefaketen Community zu gehören.

Frieder Kurtsmeier Du bist fest entschlossen, dich in den Rocco-Taumel zu stürzen?

Lena Luna Was ist dabei? Wir sind verkleidet. Wahrscheinlich würde mich nicht mal Rocco erkennen.

Frieder Kurtsmeier Na schön. Wo treffen wir uns?

Lena Luna Bist du auch eingeladen?

Frieder Kurtsmeier Rocco und ich, wir sind wie Pech und Schwefel.

Lena Luna Dann kannst du mich dem Typen ja mal vorstellen!

Frieder fand es sicherer, wenn Lena in seiner Begleitung bei Gelfort auftauchen würde. Man konnte nie wissen, wann eine Party kippte. Zuletzt hatte es bei ähnlichen Aktionen immer wieder Verletzte gegeben. Er schätzte Gelfort so ein, dass der nicht lange zögerte, die Polizei zu alarmieren.

Frieder verabredete sich mit Lena.

Sein nächstes Problem war, er brauchte einen Hut. Ich habe diese Figur erfunden, dachte er, während er in den Klamotten wühlte, und jetzt soll ich mich sogar anziehen wie Rocco! Der Hut, den er fand, war eher Marke Erich Honecker, doch um sich zu vermummen, reichte es. Frieder ruhte ein paar Minuten aus, duschte noch einmal, schlüpfte in einen Anzug, und machte sich auf den Weg.

Gelforts Villa lag in Schlachtensee, Protzgegend des alten Westens. Sie trafen sich an der S-Bahn-Haltestelle. Lena hatte sich ebenfalls in einen Anzug gezwängt, den Hut tief in die Stirn gezogen.

»Jetzt sag noch einer, ich gehe als Rocco-Double nicht durch.« Sie posierte an der Bahnsteigkante.

»Astrein.« Er applaudierte.

»Du siehst eher aus wie ein TV-Kommissar aus den Siebzigern.«

»Vielen Dank.« Er hakte sie unter. »Ein paar Regeln sollten wir klären. Erstens, Vorsicht mit Alkohol. Wir müssen fit sein, wenn irgendwas passiert. Zweitens, bleib in meiner Nähe. Wir wissen nicht, was für Typen dort auftauchen. Drittens ...«

»Drittens wollen wir uns amüsieren!« Sie machte sich los. »Was ist das für eine Location, dass du sie für so gefährlich hältst? Wir brechen doch nicht etwa in eine arabische Botschaft ein?«

»Nein, aber ich kenne den Gastgeber. Er arbeitet auch bei Tastemaker. Das ist ein rabiater Bayer, der nicht mit sich spaßen lässt.«

»Wie kommt Rocco ausgerechnet auf den?«

»Die zwei haben noch eine Rechnung offen. Ich habe läuten hören, der Gastgeber hätte Roccos besten Freund gemobbt.«

»Das wird also ein Rachefeldzug!« Lena lief Richtung Ausgang. »Ich bin begeistert!«

Auf der Straße blieb sie stehen. »Sekunde mal: Wenn der Gastgeber bei Tastemaker arbeitet, hast du keine Angst, dass er dich erkennt?«

Er zog den Hut in die Stirn. »Wieso? Ich sehe doch aus wie ein TV-Kommissar.«

Insgeheim war Frieder nicht so sicher. Er musste auf Roccos Hilfe hoffen. Überhaupt war er gespannt, ob der Urheber des Irrsinns sich zeigen würde. Tauchte Rocco auf der Rocco-Party auf?

Sie erreichten die Adresse. Hinter Gelforts Villa begann der Wald. Das war von Vorteil, man würde rasch verschwinden können. Sie waren nicht die Ersten. Schon von Weitem machte Frieder zwei Rocco-Kopien aus. Dunkler Anzug, schwarzer Hut. Die Show konnte beginnen!

Beide Flügel des Tores waren geöffnet, der Parkplatz stand voller Limousinen. Die Rocco-Gemeinde kam natürlich nicht im eigenen Vehikel. Zu Fuß näherten sie sich von allen Seiten, als wollten sie das Grundstück lautlos besetzen. Wo Frieder hinschaute, Roccos beiderlei Geschlechts. Man begrüßte einander ohne Worte, ein Nicken, ein Tippen an die Hutkrempe. Das waren die *Freunde,* die man bei Facebook finden konnte. Leute, die sich einer ferngesteuerten Welle anschlossen und nicht davor zurückschreckten, eine Invasion zu inszenieren. Sie würden Gelforts Grundstück belagern, in seine Upperclass-Party einbrechen – und dann? Frieder hatte keine rechte Vorstellung, was dann geschen würde. Zugleich konnte er sich nicht leisten, der Sache fernzubleiben. Er war das Auge des Taifuns, durch ihn hatte all das Gestalt angenommen. Rocco war sein Geschöpf.

Eine Gruppe von etwa dreißig Roccos erreichte Gelforts Eingang. Frieder hielt sich im Hintergrund, Lena drängte neugierig nach vorn.

»Komm«, rief sie. »Ich möchte rein, bevor die uns die Tür vor der Nase zuwerfen.«

Einer drückte die Klingel. Die Tür schwang auf. Nicht der Gastgeber begrüßte sie, sondern ein Kellner im Smoking.

»Sind wir zu spät?«, fragte ein weiblicher Rocco.

»Darf ich fragen, wer …?«, wollte der Kellner erwidern.

»Natürlich darfst du fragen!«, antwortete ein kräftiger Rocco, schob den Mann beiseite und enterte die Schwelle. Der Mob folgte ihm.

»Wo ist denn unser lieber Gelfort?«, rief einer ausgelassen.

Die Meute schwärmte aus.

Unter den Letzten betrat Frieder das feindliche Terrain. Gelforts Villa war gediegen, Eiche und schwere Teppiche, Kunst an den Wänden. Ein Salon öffnete sich in einen noch größeren, dort stand das Buffet, Kellner servierten Champagner. Gedämpfte Gespräche, unaufdringliche Musik – mit einem Wort eine Party, die es verdiente, aufgepeppt zu werden. Die Roccos mischten sich unter die geladenen Gäste und taten, als sei ihre Anwesenheit das Natürlichste von der Welt. Die Sektflöten wurden in Rekordzeit ausgetrunken, Nachschub musste ran. Die Speerspitze des Rocco-Angriffs stürzte sich auf das Buffet.

Frieder hatte Lena aus den Augen verloren. Stattdessen entdeckte er den Gastgeber, die Lockenpracht war nicht zu übersehen. Gelfort stand mit prominenten Gästen beisammen, dem Minister für Ernährung und Verbraucherschautz sowie einer Schauspielerin, deren Name Frieder auf der Zunge lag. Erstaunt über den Gästezuwachs, wandte Gelfort sich um, fand aber nicht die Zeit, Ursache und Zweck des Überraschungsbesuchs zu ergründen. Der Minister hatte ihm eine Frage gestellt.

»Genmanipulation ist ein veralteter Ausdruck«, antwortete er. »Ich würde es eher biologische Zweckausrichtung nennen.«

Eine Rocco-Lady mit rückenfreiem Oberteil näherte sich dem Minister und stellte sich ungeniert in Gelforts Gruppe.

Frieder hörte die Klingel zum zweiten Mal, sah die Tür aufgehen, wurde Zeuge, wie weitere fünfzig Roccos das Haus stürmten.

»Ich wusste gar nicht, dass das eine Motto-Party ist«, sagte die Schauspielerin.

»Wieso Motto?« Gelfort schien verwirrt. Das Erdgeschoss füllte sich mehr und mehr mit Leuten, die einen Hut trugen, ihn aber nicht an der Garderobe abgaben. Wo man hinsah, tummelte sich merkwürdiges Volk mit dunklen, in die Stirn gezogenen Hüten.

»Ich will doch mal nachsehen.« Gelfort entschuldigte sich beim Minister und lief zu dem jungen Mann vom Partyservice, der die Tür zum dritten Mal öffnete.

»Was sind das für Leute?«, fragte Gelfort, während Roccos an ihm vorbeiströmten.

»Die scheinen Sie alle zu kennen«, antwortete der Kellner. »Und sie tragen den erforderlichen Dresscode.«

»Es gibt keinen Dresscode auf dieser Party«, rief Gelfort. »Lassen Sie keinen mehr herein!«

Die Aufforderung kam zu spät. Die Schiebetüren zur Veranda waren weit geöffnet, die Terrasse schimmerte im Licht vieler Fackeln. Von dort betraten weitere Roccos die Villa, nicht einzeln, sie drangen in Scharen ein.

Auch Gelforts Gästen wurde klar, dass etwas nicht mit rechten Dingen zuging. Die Musik hatte gewechselt, der Beat war jetzt aggressiv und laut, die normale Unterhaltung erstarb. Frieder sah drei Roccos an der Musikanlage, sie stritten, was sie als Nächstes auflegen sollten. Am Buffet wurden keine kultivierten Häppchen mehr auf die Teller gepackt, man aß aus den Schüsseln, bediente sich mit großen Löffeln. Als diese ausgegangen waren, griffen viele mit den Händen zu.

Der Catering-Service hatte es aufgegeben, den Alkohol in Sektflöten zu gießen. Frieder beobachtete, wie die Meute aus Biergläsern, Pappbechern, sogar aus einer Blumenvase Schampus soff. Als kein Sekt mehr aufzutreiben war, bedienten sich die Roccos bei den harten Sachen. Im Nu war Gelforts Bar leer geräumt, Flaschen wurden über die Köpfe weitergereicht, man prostete sich mit Whisky und erlesenem Grappa zu.

Vergeblich versuchte Gelfort, zur Hi-Fi-Anlage vorzudringen, um den Krach abzustellen und ein Machtwort zu sprechen. Im allgemeinen Tumult verlor der Königspudel seine Souveränität. Als er zum Minister zurückwollte, um sich für die Panne zu entschuldigen, war der hohe Gast aufgebrochen. Die Security hatte ihm nahegelegt, den Schauplatz zu verlassen. Inmitten des gewaltbereiten Pöbels war seine Sicherheit nicht zu gewährleisten.

Auf dem Parkplatz sah Frieder Blaulicht blitzen und erschrak. Kreuzte die Polizei schon auf? Aber es war nur der Begleitschutz des Ministers, die schwarzen Limousinen verschwanden in die Nacht.

Unter den Hunderten Roccos konnte Frieder nirgends das Original ausmachen. Vielleicht war er ja da und amüsierte sich heimlich über seinen gelungenen Facebook-Zauber. Im Grunde war es bedeutungslos, ob Rocco die Party besuchte. Seine Doubles und Kopien, die vielen Rocco-Variationen führten Frieder die Austauschbarkeit des Spuks vor Augen. Was hier geschah, war Vandalismus. Mit Flashmob verniedlichte man den Übergriff lediglich. Zugegeben, Gelfort war ein Lackaffe, ein eitler, hinterhältiger Technokrat, der Letzte, den Frieder zu seinen Freunden zählen würde, dennoch schämte er sich ein wenig, den

Mann mutwillig zu schädigen. Sein Renommee hatte durch den Vorfall in jedem Fall gelitten, der materielle Schaden würde beträchtlich sein. Man musste dem peinlichen Auftritt ein Ende setzen!

Frieder suchte Lena und fand sie, wie sie Grappa aus der Flasche trank.

»Komm!«

»Sind die Bullen im Anmarsch?« Sie hatte einiges konsumiert. Ihr Gesicht war gerötet, der Blick verschleiert.

»Frag nicht, und komm mit!«

Er packte ihre Hand und zerrte sie aus dem Salon in den Flur. Auf dem Boden, an den Wänden, auf den Treppen lagerten Roccos, als ob sie dieses Haus nie wieder verlassen wollten.

Frieder fand nicht gleich, was er suchte, musste ein paar Türen öffnen. Endlich stand er vor dem Schaltkasten. Lena hing an seiner Schulter.

»Bist du unter die Elektriker gegangen?« Sie kicherte.

»Wenn ich ‚lauf' sage, läufst du, hörst du?«

Frieder öffnete das Gehäuse, fand sich unter den Schaltern zurecht und bediente den größten.

Mit einem Schlag wurde es dunkel, die Musik erstarb. Überall im Haus johlte und protestierte die Meute. Frieder vergewisserte sich, dass er die Eingangstür im Rücken hatte. Ohne Lenas Hand loszulassen, rief er:

»Raus! Alle raus! Die Bullen sind da!«

Jetzt klang das Gejohle wenig begeistert. Als vergnügungshungrige Society hatten die Rocco-Jünger die Party geentert, sie verließen sie wie die Ratten das sinkende Schiff. Schleichend, huschend und ziemlich lautlos. Der Abschied des Mobs war beschämend. Namenlos entschwanden sie und übernahmen keine Verantwortung für das, was ein harmloser Gag gewesen sein sollte.

»Stehen bleiben!«, hörte Frieder Gelfort brüllen. »Schweinebande! Bleibt's da!« Der Hausherr schrie im Heimatdialekt. »Und wer zahlt mir den Schaden? Ihr verdammtes G'sindel, ich verklag euch! Dageblieben!«

Er packte hier einen am Handgelenk, versuchte da einen am Kragen zu erwischen. Er hatte sein Handy eingeschaltet und beleuchtete einzelne Gesichter. Er hatte die Geistegegenwart, Fotos von den Randalierern zu knipsen.

Plötzlich zuckte ein Fotoblitz Frieder ins Gesicht. Geblendet schloss er die Augen.

»Kurz, bist du das?«, hörte er Gelforts Stimme. »Du machst mit bei dieser Schweinerei?«

Ja, hätte Frieder sagen müssen. Ja, ich habe mitgemacht, es war nicht meine Schuld. Die dunkle Seite meiner Selbst hat sich das ausgedacht.

Stattdessen hielt er Lenas Hand fest. »Lauf, so schnell du kannst!« Frieder machte kehrt und rannte im allgemeinen Tumult zum Ausgang.

»Ich hab dich erkannt, Kurz!«, schrie Gelfort ihm nach. »Ich habe ein Bild von dir! Das wirst du mir teuer bezahlen!«

Als Frieder den Parkplatz und das Tor erreichte, während die Roccos wie aufgescheuchte Raben an ihm vorbeihetzten, begriff er, dass er selbst es war, den Rocco in die Falle gelockt hatte. In der erfundenen Welt von Facebook konnte man ungestraft ein

Teufelskerl sein, in der biederen Welt von Berlin-Schlachtensee schrumpfte man im Handumdrehen zum Gesetzesbrecher. Frieder zerrte die keuchende Lena mit sich. Endlich kam die rettende S-Bahn-Haltestelle in Sicht.

21

»**Hast** du Lust, mit raufzukommen?« Sie öffnete ihre Haustür und wartete am Treppenabsatz. »Ich kann jetzt noch nicht schlafen.«

Quälend lang hatte die S-Bahn-Fahrt gedauert. In dem Rocco-Outfit war Frieder sich unglaublich dämlich vorgekommen. In den Abteilen vor und hinter ihnen hatte er ähnliche Rocco-Karikaturen entdeckt. Sie hatten sich vor seinen Augen in Normalsterbliche zurückverwandelt, die an jeder Station ängstlich nach der Polizei Ausschau hielten. Die Facebook-Helden waren einer nach dem anderen ausgestiegen und in die Nacht verschwunden.

»Ich mag jetzt nicht allein sein.« Lena hielt die Haustür offen.

Monatelang hatte Frieder davon geträumt, diesen Satz von ihr zu hören, mit diesem Augenaufschlag in ihre Wohnung gebeten zu werden. Er hätte tausend Facebook-Freunde dafür gegeben.

»Ich fall gleich um vor Müdigkeit«, antwortete er. »Der Flashmob war eine beschissene Idee.«

»Wie wärs mit einem Absacker, zum Runterspülen des üblen Nachgeschmacks?«

»Ein andermal. In ein paar Stunden habe ich den Produkt-Pitch.« Merkwürdig fremd sah er sie an. »Jetzt hast du Rocco wieder nicht kennengelernt.«

»Macht nichts. Du bist mir lieber.«

Sie trat nah an ihn heran. Er hinderte sie nicht, ihn zu küssen. Frieder erkannte ihre Lippen, die Zunge, die seine Zahnreihe entlangspielte, er spürte ihre Umarmung und hörte den vertrauten Atem an seinem Ohr. Er konnte nicht erklären, was sich verändert hatte, doch irgendwo auf dem Weg, den er in den letzten Wochen beschritten hatte, war etwas verloren gegangen. Seit der Trennung hatte er sich eingeredet, Lena sei die *Eine* für ihn. Über Nacht war sie *irgendeine* geworden. Lena hatte sich selbst entzaubert.

»Ich brauch noch eine Mütze Schlaf«, sagte er, als sie seinen Mund freigab. »Wir telefonieren die Tage, okay?«

Er trat auf die Straße, im Hintergrund hörte er das Zufallen ihrer Tür. Frieder nahm ein Taxi. Wenig später betrat er seine Wohnung.

Einen Moment lang glaubte er, Rocco im Zwielicht zu erkennen, es war aber nur sein eigenes Spiegelbild. Frieder trat vor den Spiegel und nahm den Hut ab, als ob er sich einer schweren Bürde entledigte.

»Vorbei«, flüsterte er, zog sich aus und fiel ins Bett.

Zwischen Halbschlaf und Dämmerung begannen ihn Bauchschmerzen zu quälen. Das war ein Ziehen und Zerren im Magen, Stiche im Oberbauch, er konnte sich kaum aufrichten. Folgen des Alkohols? Er hatte kaum etwas getrunken. Machten seine Nerven sich bemerkbar, entlud sich die Anspannung des

Abends? Oder war die Krankheit wieder ausgebrochen, der er zuletzt keine Beachtung mehr geschenkt hatte?

Frieder durfte nicht krank sein, ausgerechnet heute! Der Schmerz belehrte ihn eines Besseren. Der Schmerz biss zu.

Du willst nicht hören?, fragte der Schmerz. Dann brauch ich Gewalt!

Mit einem Schrei fuhr Frieder hoch. Er verließ das Bett, wollte sich ins Badezimmer schleppen. Aber er kam nicht weit. Die Decke noch um sich gehüllt, brach er vor dem Bett zusammen.

»Hab ich was Falsches gegessen?«, keuchte er. »Du hast praktisch dein ganzes Leben lang falsche Sachen gegessen«, antwortete er, am ganzen Körper zitternd. »Doktor Khonsari«, flüsterte er. »Ich muss zu Khonsari.«

Frieder blieb auf dem Boden liegen, bis der Tag anbrach. Als der Schmerz eine Pause machte, zog er sich an, verließ die Wohnung und winkte ein Taxi heran. Auf dem schnellstem Weg ließ er sich zur Praxis bringen.

Auf sein Klingeln hin öffnete niemand, die Haustür war nur angelehnt. Frieder kämpfte sich in den dritten Stock hoch. Umzugskartons auf dem Flur, Kartons im Eingang, Zeichen des Aufbruchs, wohin er schaute.

Eine teuer gekleidete Frau gab zwei Handwerkern Anweisungen, wie sie das Mobiliar zerlegen sollten.

»Wenn sich's vermeiden lässt, macht nichts kaputt«, sagte sie. »Wenn's nicht anders geht, nehmt die Kettensäge!«

Ihr war anzusehen, dass die Umstände der Praxisauflösung ihr ein Ärgernis waren.

»Verzeihen Sie.« Frieder machte auf sich aufmerksam. »Ist die Praxis umgezogen?«

»Wenn sie umgezogen wäre, müsste ich mich nicht um den Krempel kümmern.« Sie musterte ihn ohne Interesse.

»Wo sind denn alle? Wo ist der Doktor?«

»Dort, wo er hingehört. In Moabit!«

»Was macht er in Moabit?«

»Lesen Sie keine Zeitung?« Sie reichte einem der Arbeiter den Akkuschrauber. »Er sitzt in Untersuchungshaft.«

»Weswegen?« Frieder spürte den Schmerz wiederkommen.

»Weil er ein Trickbetrüger ist, ein Hochstapler.«

»Doktor Khonsari? Unmöglich. Ich bin bei ihm in Behandlung.«

»Das haben viele geglaubt. Er war so wenig ein Arzt wie Sie und ich. Sein wirklicher Beruf ist Zinnfigurenmaler!«

»Zinnfiguren ...?« Für Frieder verwirrte sich alles noch mehr. »Wie konnte er dann Leute behandeln? Er hat Tests mit mir gemacht, Blutproben eingeschickt, die Ergebnisse ausgewertet.«

»Haben Sie einen einzigen dieser Tests gesehen?«, fragte die Frau nicht ohne Schadenfreude. »Hat er ihnen die Laborergebnisse gezeigt?«

»Kein Arzt zeigt einem so was.«

»Das war sein Trick! Er hat den gesündesten Leuten gefährlich klingende Prognosen gestellt, um sie möglichst lange finanziell zu melken. Hier noch eine Untersuchung, da noch eine Therapie. Alles Methoden, die nicht von der Kasse übernommen werden.«

»Aber wenn jemand wirklich krank war? Hat er die krepieren lassen?« Frieder hielt sich die Seite.

»Echte Kranke hat er zu echten Ärzten geschickt. So viel Verantwortungsbewusstsein besaß er.« Sie holte eine Packung Zigaretten heraus. »Ein Mörder war er nicht.«

»Und weiter?« Er setzte sich auf einen Karton.

Das Feuerzeug blitze auf. »Diejenigen, denen er eine Krankheit nur angedichtet hat, konnte er natürlich *heilen* und als gesund entlassen. Sie kamen gern zu späteren Konsultationen wieder.«

Frieder atmete tief durch. Bildete er sich das ein, oder war sein Schmerz erträglicher geworden? »Waren Sie auch seine Patientin?«

»Gott bewahre!« Sie lachte. »Ich bin seine Frau. Fünfzehn Jahre lang ist es gut gegangen. Wir hatten ein angenehmes Leben.«

Die Zigarette im Mundwinkel, nahm sie einen Schraubenzieher und schraubte das Messingschild mit dem Namen ihres Mannes ab.

»Jetzt muss ich sehen, wie ich das Zeug zu Geld mache. Unsere Konten wurden konfisziert.« Sie drehte sich zu Frieder. »Sie wollen nicht vielleicht noch eine Rechnung begleichen? Das käme mir sehr gelegen.«

»Leider nein.« Er stand auf.

Sie schraubte und paffte. »Warum musste sich der Idiot erwischen lassen!«

Frieder schlich zur Tür.

»Haben Sie echte Beschwerden?«, fragte die Frau. »Brauchen Sie ärztliche Hilfe?«

»Nein, nein. Mir geht es schon viel besser.« Frieder verabschiedete sich.

Auf der Straße atmete er die kühle Morgenluft und fragte sich, ob die Welt nur noch aus Fake bestand. War der Betrug die neue Wirklichkeit, der Fake die Droge einer ganzen Generation? Tanzten alle nur auf einem Maskenball, und keiner hatte Interesse daran, wer sich hinter den Masken verbarg?

Frieder machte sich auf, in die Fake-Fabrik zu fahren, für die er arbeitete. Es war der große Tag, und er hatte nicht vor, es den Leuten von Tastemaker leicht zu machen.

22

Der Konferenzsaal befand sich auf der Chefetage im zehnten Stock. Hochflorteppich, lederbezogene Le-Corbusier-Freischwinger, ein acht Meter langer hochglanzpolierter Konferenztisch aus Mooreiche. Wasser, Fruchtsaft, Heißgetränke. An jedem Platz firmengebrandetes Papier und Stifte. Die Lamellenjalousien waren geschlossen, Punktstrahler warfen akzentuierte Lichtkegel. Weiter hinten im Raum teilte ein Vorhang den Vorbereitungsbereich für die Servicekräfte ab. An der Schmalseite des Tisches fuhr eine Leinwand aus der Decke, die das blaue Standbild des Beamers wiedergab.

Frieder war zeitig in der Firma gewesen. Er hatte die Pellets seines Convenient Dinner zu unterschiedlichen Mahlzeiten variiert, auf verschiedenfarbigen Tellern angerichtet und die Produktion schließlich mit dem Serviceaufzug ins Hinterzimmer des Konferensaales fahren lassen. Dort war er mit den Servicekräften die Zubereitung durchgegangen. Man würde die Pellets mit Wasser versetzen und drei Minuten in die Mikrowelle stellen.

Da er nach der Magenattacke nicht zum Duschen gekommen war, machte er sich in der Toilette der Abteilungsleiter frisch und brachte sein Haar in Form.

Allmählich trafen die Teilnehmer des Meetings ein, Abteilungsleiter, die Verantwortlichen aus der Werbung, Vertreter der Rechts- und Forschungsabteilungen, darunter Jolinde im dezenten Kleid. Hansen und Vincent Maurer kamen gemeinsam. Der Schwarm der Unternehmensberater flog ein und klüngelte am hinteren Ende des Tisches.

Als Frieder Jolinde begrüßen wollte, trat ihm Gelfort in den Weg. Frieder wäre der Auseinandersetzung vor der Präsentation gern aus dem Weg gegangen, aber der Königspudel erzwang ein Gespräch.

»Hör zu, ich könnte Anzeige gegen dich erstatten«, begann er mit gedämpfter Stimme. »Ich könnte dich in der Firma unmöglich machen, dann wäre deine Kündigung nur eine Frage von Tagen. Sei sicher, dass ich das auch machen werde, es sei denn du sagst mir, wer der Urheber des Flashmobs war!«

Mit dieser Wendung hatte Frieder nicht gerechnet. »Der *Urheber*?«

Gelfort trat dicht heran, damit die anderen nicht mithören konnten. »Dass du dir die Aktion nicht ausgedacht hast, weiß ich. Du bist ein Mitläufer und wirst es immer bleiben. Mich interessiert einzig und allein: Wer ist dieser Rocco? Niemand kennt ihn. Er hat keine Adresse oder Telefonnummer. Aber die Polizei arbeitet daran, seine wahre Identität ermitteln. Der einzige Ort, wo es diesen Rocco zu geben scheint, ist Facebook. Dort allerdings ist er der Held, der Stimmungsmacher, der die Schweinerei in meinem Haus angezettelt hat!«

»Und was willst du dann von mir?« Gelforts hilflose Bemühungen, ein Phantom aufzuspüren und wegen Hausfriedensbruch zu belangen, belustigte Frieder. Dass die Polzei ihm aber auf den digitalen Fersen war, gefiel ihm weniger. Langsam wurde es brenzlig. Früher oder später würden die Verbindungsprotokolle sie zu Frieder führen.

»Da der Mann nicht auszuforschen ist, benutzt er offensichtlich ein Pseudonym. Rocco ist ein Deckname! Ich will von dir erfahren, wie der Kerl wirklich heißt!«

Die Antwort wäre simpel gewesen, sie lautete: Frieder Kurtsmeier.

Frieder hatte gute Lust, Gelfort die Wahrheit ins Gesicht zu schleudern. Er war Roccos Schöpfer, dessen wahres Ich, er war der Mensch hinter dem Phantom. Er hatte den Stein ins Rollen gebracht, durch ihn war Rocco zum Helden und zum Feindbild geworden. Leider war es Frieder nicht gelungen, seinen Doppelgänger zu bändigen. Rocco war entkommen, er führte ein Eigenleben, das Frieder mindestens so gefährlich wurde wie den anderen.

Während Frieder das begriff, erwachte in ihm der Verdacht, dass Rocco nicht bloß eine Abspaltung seiner selbst war, sondern seine dunkle, verborgene Seite. Rocco führte aus, was Frieder sich insgeheim ersehnte. Vielleicht wusste Frieder gar nicht, wozu dieses andere Selbst fähig war, deshalb schickte er Rocco vor, um für ihn die Drecksarbeit zu erledigen. War die Demütigung Vincent Maurers nicht genau das, was Frieder dem reichen Dandy, dem gefühlskalten Muskelprotz gewünscht hatte? Und hatte Gelfort nicht verdient, dass man ihn und seinesgleichen aufmischte und ihm zeigte, dass die Membran zwischen Kontrolle und Chaos erstaunlich dünn war? Hatte Frieder nicht allen

Grund, seinen Kontrahenten Hansen aus dem Weg zu räumen, der ihm von Kindesbeinen an das Leben schwer gemacht und ihn schikaniert hatte, seit sie in derselben Firma waren?

Sie alle haben es verdient, dachte Frieder. Mir fehlte bloß der Schneid, sie mit offenem Visier zu bekämpfen. Rocco besitzt mehr Mut, er hat sie attackiert und lächerlich gemacht. Ich habe nur vergessen, dass ich selbst Rocco bin. Erschrocken über diese Erkenntnis hatte Frieder Gelforts letzte Frage überhört.

»Was sagst du dazu?«, drängte der Königspudel. Schermann war eingetroffen und wollte das Meeting eröffnen.

»Eins verspreche ich dir«, antwortete Frieder. »Wenn Rocco sich outet, wirst du der Erste sein, der seine wahre Identität erfährt.«

»Keine Tricks, Kurz, ich warne dich!« Gelfort eilte ans andere Ende des Tisches, um den Seniorchef zu begrüßen.

Nach außen ruhig, nahm Frieder Platz. Das Namensschild neben seinem lautete *Hansen*. Der Dicke stand bei Gelfort und hofierte ebenfalls den Chef. Schließlich trat Schermann ans Kopfende. Alles eilte, der Rangordnung gemäß, zu den festgelegten Plätzen. Jolinde saß Frieder schräg gegenüber, sie nickte ihm aufmunternd zu.

»Dir geht der Arsch auf Grundeis, stimmt's?« Hansen setzte sich schwergewichtig.

»Keine Spur. Möge der Bessere gewinnen.«

»Gibst du schon klein bei, bevor es begonnen hat?« Hansen grinste siegessicher.

Frieder spürte die Anstrengung der letzten Wochen als Zentnerlast auf seinen Schultern. Er war müde und hungrig, er sehnte sich nach Sonnenlicht, einem Gang unter Bäumen, er sehnte sich nach einem freundlichen Gesicht. Jolinde lächelte ihm über ihre Brille hinweg zu.

Schermann sprach routiniert unverbindliche Begrüßungsworte und erinnerte an einige besonders erfolgreiche Produkte von Tastemaker während des vergangenen Quartals.

»Denken wir an das beliebte Erfrischungsgetränk für Kinder, Kid's Choice, das erste alkoholfreie Malzbier mit Erdbeergeschmack. Denken wir an Butt-a-Tube, die Butter aus der Tube, oder an unsere Fischstäbchen in Buchstabenform. Ich möchte natürlich nicht vergessen, unseren Hit zu erwähnen, Sweet Graffiti, der Zuckerspaß aus der Spraydose. Man kann es zum Spielen und zum Naschen nehmen, mittlerweile auch in den Geschmacksrichtungen grüne Limette und braunes Karamell.«

Schermanns Ausführungen wurden beklascht, die Branche beweihräucherte sich mit Vorliebe selbst. Danach waren die Food-Designer an der Reihe.

Hansen würde sein Produkt als Erster vorstellen.

»Vielen Dank, Herr Schermann.« Er ging zum Beamer.

»Sehr verehrte Mitglieder des Aufsichtsrates, liebe Kollegen. Auf den folgenden Bildern zeige ich Ihnen Stars. Sie werden schnell begreifen, wer – oder was – auf jeder Abbildung der wahre Star ist.«

Er fuhr sein Screening ab, eine Slideshow Kaugummi kauender Prominenter. Popstars waren darunter, Politiker, Sportler und zeitlose Legenden wie James Dean oder Madonna.

»Was diese Götter vereint, ist das, was sie im Mund haben«,

rief Hansen. »Es ist ihre sanfte Sucht für einen erstklassigen Chewing Gum!«

Auf sein Zeichen hin traten kurzberockte Servicekräfte hinter dem Vorhang hervor und brachten Tabletts mit mundgerechten Proben des neuen Produkts.

»Und dieses erstklassige Kaugummi hat ab sofort einen Namen – *NeoGum*!«

Mit einer Spezialpinzette nahm Hansen einen grünen Streifen und hielt ihn ins Licht. Zugleich erschien der Prototyp eines verpackten NeoGum auf dem Screen.

»NeoGum ist mehr als ein erfrischender Kaugummi, er ist ein Sexsymbol, eine Marke, die man kauen muss, wenn man dazugehören will!«

Als Beweis löste er den Streifen von der Pinzette, nahm ihn in den Mund, bog und verformte ihn durch ausgestelltes Kauen. Nach wenigen Sekunden schien der Gummi in Hansens Mund zum Leben zu erwachen. Er knisterte und grisselte, kleine Detonationen deuteten an, dass Hansens Gum wirklich etwas Besonderes war.

Hatten die Anwesenden bisher freundlich, doch nicht besonders beeindruckt reagiert, strafften sich nun die Oberkörper, Köpfe fuhren nach vorn. Das Feuerwerk ins Hansens Mund war außergewöhnlich. Der Erfinder von NeoGum quittierte die Begeisterung mit einem Lächeln. Kauend rief er:

»Ich habe Ihnen einen Knaller versprochen! Ich habe mein Wort gehalten!«

Applaus brandete auf, erst zaghaft, dann lauter. Man hatte sich in Hansen nicht getäuscht, er war der Mann, der dem Tastemaker-Image gerecht wurde.

Hansen gab den Girls ein Zeichen, die Kaugummis zu verteilen. Animiert nahmen die Konferenzteilnehmer ihren NeoGum entgegen.

Plötzlich ging eine Veränderung mit Hansen vor sich. Er kaute weiter, aber seine Mundbewegungen wirkten verzerrt, sie schienen ihn große Anstrengung zu kosten. Das Knallen im Mund wurde lauter. Kein freundliches Platzen mehr, das klang wie prasselndes Feuer, es hörte sich an, als ob Granaten in Hansens Mund gezündet würden. Er wollte verzweifelt ausspucken, es gelang nicht, die Masse in seinem Mund war zu einem schäumenden Fremdkörper angeschwollen. Da er keine Luft bekam, versuchte er zu schlucken, das löste einen heftigen Hustenreiz aus. Neongrüner Schleim rann seine Mundwinkel hinunter, im Inneren des Mundes schäumte es, kleine vulkanartige Eruptionen waren zu sehen.

Die Anwesenden, die den NeoGum teilweise schon im Mund hatten, spuckten ihn rasch wieder aus oder hielten das grüne Teufelsding auf Abstand.

Hansen schrie vor Schmerz, er spuckte und röchelte erbärmlich. Dann begann er Blut zu husten. Sein Hemd, die Krawatte, die Serviette färbten sich rot. Hansens Mund war ein breiiges Loch, in dem es knallte, Bluttröpfchen schossen quer über den Tisch.

Frieder hatte genug. Er sprang auf, griff seinem Konkurrenten in den Rachen und holte den Kaugummi heraus. Er warf den Klumpen auf den Tisch. Knisternd und knallend führte das Ding sein Eigenleben und sprang auf der polierten Oberfläche umher.

Die Konferenzteilnehmer gaben ihrem Entsetzen Ausdruck. Jolinde starrte das Tablett an, das vor ihr stand. Sie nahm einen Streifen.

»Das ist nicht … Das sind nicht meine Porrocks!« Sie wandte sich zum Nächstsitzenden. »Jemand hat an den Porrocks rumgepfuscht.« Ein schrecklicher Gedanke kam ihr. Sie drehte sich zu Frieder. Sie sah ihn entsetzt an.

Er hob abwehrend die Hände. »Ich habe nichts damit zu tun.«

»Du warst der Einzige, den ich im Labor allein gelassen habe!« Vor Aufregung rutschte es ihr so laut heraus, dass alle es hören konnten.

Der Saal verstummte.

Hansen saß keuchend, einer Ohnmacht nahe, in seinem Sessel. Er war außerstande zu sprechen.

»Ein Arzt!«, rief Jolinde. »Er hat eine Überdosis Porrocks eingenommen. Rufen Sie einen Krankenwagen!«, sagte sie zum Chef des Serviceteams, der sein Handy zückte.

»Wollen Sie damit sagen, jemand hätte Hansens Versuchsreihe sabotiert?« Schermann stand auf. Wie ein Hohepriester überblickte er die Versammlung und wollte nicht begreifen, dass in diesen heiligen Hallen ein Unrecht hatte geschehen können.

»Es gibt keine andere Erklärung«, antwortete Jolinde.

»Sie haben Herrn Kurtsmeier in Verdacht?«

Alle Augen waren auf Jolinde geheftet.

»Ich kann es nicht beweisen, aber …« Sie suchte nach Worten. »Es stimmt, dass Frieder sich zu Versuchszwecken längere Zeit im Labor aufgehalten hat.«

»Unbeaufsichtigt?«, fragte Schermann.

»Leider.« Joli presste die Hände ineinander. »Er hatte für die Präsentation ein Zeitdefizit aufzuholen, und ich konnte ihn nicht die ganze Zeit beaufsichtigen.«

»Nur ausgebildetes Personal darf im Labor arbeiten!«, mischte sich Gelfort ein, der den Zeitpunkt für gekommen sah, gegen Frieder auszuteilen.

»Frieder ist approbierter Lebensmitteltechniker«, entgegnete Jolinde. »Dennoch hätte ich ihn nicht allein lassen dürfen.«

»Wie wollen Sie diese schwerwiegenden Vorwürfe entkräften, Herr Kurtsmeier?« Ernst betrachtete Schermann seinen Food-Designer.

Was sollte Frieder sagen? Dass er einen anderen Teil seines Ichs erfunden und von sich abgespalten hatte? Sollte er anführen, dass nicht er, sondern jemand namens Rocco Hansen vergiftet und der Lächerlichkeit preisgegeben hatte? Wo war Rocco, wo sollte man ihn aufspüren? Nur in Frieders Fantasie. Selbst wenn es Rocco gegeben hätte, wäre Frieder verpflichtet gewesen, die Sabotage zu verhindern. Er aber hatte zugesehen, wie Rocco Unmengen des gefährlichen Porrock 66 auf die Rohmassen kippte. Es war gleichbedeutend, als wenn er selbst es getan hätte.

Frieder stand auf, richtete seine Krawatte und schloss die Jacke. Er wollte Verantwortung übernehmen, sagen, wie es gewesen war, und dass er die alleinige Schuld daran trug. Er wollte sich bei Hansen entschuldigen.

»Herr Schermann, verehrte Kollegen«, begann er. Weiter kam er nicht.

»Komme ich zu spät?«, fragte plötzlich eine angenehme Männerstimme.

Alle Blicke wanderten von Frieder ans Ende des Raumes, wo ein gut aussehender Mann hinter dem Vorhang hervortrat. Er trug einen schwarzen Hut.

»Rocco«, flüsterte Frieder. Aber wie war das möglich? Waren sie jetzt alle so verrückt, daran zu glauben, dass die Realität jetzt bei Facebook ist?

»Rocco?« Vincent Maurer musterte den Ankömmling genauer. Es war der Gleiche, der ihm neulich die Abreibung verpasst hatte.

»Rocco?«, rief Gelfort. »Das ist der Mann, der mein Haus zerstört, meine Gäste verprellt hat?«

»Rocco«, sagte Jolinde und erinnerte sich an die Nacht im Club, als der Name wie ein Sesam-öffne-dich gewirkt hatte.

»Ja, ich bin Rocco.« Ohne Hast kam er näher und stellte sich neben Schermann. »Gibt es ein Problem?«

»Ich wüsste nicht, dass man Sie zu diesem Meeting eingeladen hat«, sagte Schermann.

»Genau genommen bin ich der Ehrengast«, antwortete Rocco gönnerhaft. »Sie sollten dankbar sein, dass ich da bin. Ihr Laden stinkt doch zum Himmel. Aber um eines als Erstes klar zu stellen. Lassen Sie Herrn Kurtsmeier in Ruhe, die kleine Show hier geht auf mein Konto.«

Vincent sprang auf und wollte den Eindringling höchstpersönlich entfernen. Schermann bedeutete ihm, sich zu beruhigen und gab dem Servicechef ein Zeichen.

»Rufen Sie die Security.« Er wandte sich zu Rocco. »Noch haben Sie Gelegenheit, freiwillig zu gehen.«

»Sie sollten sich anhören, was ich zu sagen habe. An Ihrem Stuhl wird nämlich massiv gesägt. Wenn Sie die faulen Äpfel aus Ihrem Verein herauspicken wollen, sind Sie bei Frieder an der falschen Adresse.«

Rocco trat zwischen Vincent und Gelfort. »Was würden Sie dazu sagen, dass Ihr Schwiegersohn kurz vor dem Meeting Sex mit seinem Geliebten Mario hatte?«

Ein Raunen ging durch den Saal, man warf sich Blicke zu. Die Reaktion einiger Teilnehmer schien zu sagen: Früher oder später musste es ja so kommen. Frieder hätte zufrieden sein können, dass Rocco ihm als Racheengel zur Seite sprang. Das Gegenteil war der Fall, er hatte endgültig die Nase voll.

»Schluss damit«, sagte er erstaunlich ruhig. »Nicht auf diese Weise.«

Vincent zeigte sich weniger gelassen. »Das ist frei erfunden!«, schrie er Rocco an, konnte jedoch nicht verhindern, dass dieser Vincents Aktenkoffer öffnete und verschiedene Sexspielzeuge auf den Konferenztisch kippte.

»Das ist wohl auch erfunden?« Ohne sich um den wutschnaubenden Vincent zu kümmern, zeigte Rocco auf Gelfort.

»Der Marketingdirektor von Tastemaker zieht heimlich die Strippen, um eine Palastrevolte zu inszenieren. Den Ernährungsminister hat er dafür schon auf seine Seite gebracht.«

»Hör auf!« Frieder schob seinen Stuhl zurück. »Ich brauche deine Hilfe nicht!«

Ungerührt fuhr Rocco fort. »Gelfort, Hansen und Vincent Maurer bilden ein Team, das die Firmenleitung unter sich aufteilen will. Sie sollten wachsam sein, Herr Schermann, damit Ihnen der Chefsessel nicht unterm Hintern weggezogen wird.«

Frieder stürzte zum Beamer, der von einem Laptop gesteuert wurde. Er schloss das Fenster des Präsentationsprogramms, ging online und loggte sich als Rocco bei Facebook ein.

Rocco unterbrach sein Plädoyer. »Was tust du da?«, fragte er sanfter, als es die Situation erwarten ließ.

»Das, was ich längst hätte tun sollen!« Frieder wechselte zu der Unterseite, auf der man einen Account löschen konnte.

Rocco verschränkte die Arme. »Du weißt, was das bedeutet?«

Einen Moment lang schauten sie einander in die Augen.

»O ja, das weiß ich.«

Es war gar nicht so einfach, ein Facebook-Leben auszulöschen. Facebook hielt es anscheinend für undenkbar, dass jemand den Wunsch haben könnte, aus der weltweiten Community auszusteigen. Mehrmals fragte das Programm, ob Frieder sich wirklich sicher sei, und warnte, dass ein Wiedereinstieg auf dem gleichen Account unmöglich war. Frieder ließ sich nicht beirren. Als der Ausstieg nur noch einen Mausklick entfernt war und sein Finger über der Taste schwebte, sah er Rocco an.

»Auf Nimmerwiedersehen«, sagte er mit einem Zwinkern und drückte auf *Delete*.

Langsam, anfangs kaum merklich, begann Rocco an Kontur zu verlieren. Pixel brachen aus seinen Umrissen heraus. Das scharfe Profil verschmolz mit dem Hintergrund, sein schwarzer Anzug wurde grau, dann blass und blasser. Während er verschwand, nahm Rocco seinen Hut ab.

»Adieu, mein Freund.« Er winkte. »Jetzt weißt du, warum du nie imstande wärest, im Rudel der Hyänen mitzuheulen.« Er warf den Hut in die Luft. »Du bist keiner von ihnen.«

Rocco wurde zu dem, was er in Wirklichkeit war, ein Trugbild. Er löste sich auf, im nächsten Augenblick war er verschwunden. Hatten Sie alle tatsächlich Rocco gesehen, mit ihm gesprochen? Frieder schüttelte sich. Er musste es sich eingebildet haben. Er musste.

Während die Konferenzteilnehmer aus einem Spuk zu erwachen glaubten und ihrer Erleichterung lautstark Luft machten, streckte Frieder die Hand aus. Auf dem Tisch lag Roccos Hut. Er nahm ihn und betrachtete das Etikett. *Made in Romania.*

Frieder beteiligte sich nicht am allgemeinen Hickhack und Geschrei. Niemand verstand, was eigentlich gerade passiert war. Und schon vergaßen die meisten, von Rocco überhaupt je gehört zu haben. Denn wer nicht bei Facebook war, konnte nicht existieren. Einige zeigten jetzt mit erregten, geröteten Gesichtern auf Frieder. Zur Zielscheibe ihrer Konfusion geworden, beschimpften sie ihn. Doch er hörte gar nicht hin. Er schloss seine Präsentationsmappe, stand auf, nickte Hansen zu und ging zum Ausgang.

Auf den letzten Metern trat ihm Jolinde in den Weg.

»Du bist verrückt, Frieder Kurtsmeier, total verrückt, aber ich mag dich. Wohin gehst du?«

»Raus hier. Mir reicht's.« Er küsste sie, und erstaunlicherweise ließ sie es geschehen. »Genau das solltest du auch tun.«

Perplex sah sie ihm nach. Er drückte die Schwingtür auf und betrat den Korridor, von wo ihm Sicherheitsleute entgegenkamen. Ungehindert verließ Frieder die Tastemaker-Zentrale.

23

Ein Tag verging, die darauffolgende Nacht, und noch ein halber Tag. In dieser Zeit geschah nichts weiter, als dass Frieder seinen Gedanken nachhing. Ihm war, als ob er sich von einer unbegreiflichen Anstrengung erholte, dem Kraftakt, ein anderer zu sein. Geblieben war ein Katzenjammer, der sich bald legen würde.

Wie hatte er sich so verrennen können? Wodurch war er dem Tunnelblick anheimgefallen, der ihn nichts anderes hatte sehen lassen als den Totempfahl von Tastemaker? Er war bei diesem erbärmlichen Rattenrennen nicht größer und souveräner geworden, er hatte sich an den perfekten Fake verkauft.

Mit Roccos Ende war das vorbei. In diesen stillen Tagen verlor für Frieder alles, was käuflich war, an Bedeutung. Insgeheim wusste er, der Kitzel des Konsums würde ihn nicht für immer verschont lassen, umso mehr genoss er die bedürfnislosen Stunden. Weder Eitelkeit noch Ehrgeiz noch Neid ließ er in seine Wohnung, stattdessen lachte er manchmal still über den Clown, den er abgegeben hatte.

Nachdem drei Tage verstrichen waren, fühlte er sich stark genug, zu tun, was noch zu tun war. Er fuhr ins Büro, löschte alle persönlichen Daten im Computer und räumte seinen Schreibtisch. Ein kleiner Karton voller Habseligkeiten war alles, was er mitnahm, alles was von seiner Zeit bei Tastemaker geblieben war. Der Rest war Schall und Rauch. Beim Hinausgehen verabschiedete er sich von Yvonne.

»Ich hab schon gehört, dass Sie uns verlassen.« In ihrer Stimme klang Bedauern.

»Man hätte mich so oder so rausgeschmissen.« Frieder lächelte.

»Da wäre ich nicht so sicher.«

»Wie meinen Sie das?«

Yvonne schloss die Tür ihres Glaskäfigs, um frei von der Leber zu reden. »Nachdem Sie das Meeting verlassen hatten, wurde der Vorfall lang und breit diskutiert, ohne Ergebnis. Schließlich ordnete Schermann an, dass Ihr Convenient Dinner vorgeführt werden soll. Die Pellets wurden präsentiert, mit Wasser übergossen, in der Mikrowelle gegart und serviert. Und wissen Sie was?«

»Was denn?«

»Die waren begeistert! Vor allem die Unternehmensberater. Die ließen sich eine zweite Portion zusammenstellen und haben alles bis auf den letzten Rest verschlungen. Es war ein richtiges Gelage!«

Nach der ersten Überraschung lächelte Frieder. »Das habe ich Jolinde zu verdanken. Sie hat noch ein paar Appetitanreger aus ihrer Hexenküche beigemischt.«

»Keine Ahnung. Jedenfalls besteht die einhellige Meinung, dass das Convenient Dinner eine große Zukunft hat.«

»Wer hätte das gedacht?« Frieder zuckte die Schultern. »Die Geister, die ich rief ...« Er beugte sich zu Yvonne. »Ein kleiner Tipp: Essen Sie nichts von dem Zeug. Kann sein, dass es schmeckt, aber es bekommt Ihnen nicht.«

Er nahm seinen Karton und verließ die sechste Etage, um in den Keller zu fahren. Während der Lift abwärtsglitt, überkam Frieder das Gefühl, dass er Jolinde besser die Chance geben sollte, Abstand von den Vorfällen zu gewinnen. Er wollte sie mit seinem Alles-oder-Nichts-Gehabe nicht in Bedrängnis bringen. Vielleicht war sie auch noch wütend auf ihn. Er hatte für sich einen Schlussstrich gezogen, sie aber würde bei Tastemaker eine glänzende Zukunft erwarten. In ihren Händen ruhte die Umsetzung sämtlicher Food-Strategien, sie war mehr denn je eine wichtige Stütze des Unternehmens. Wenn Joli ausschied, würde der einzig gute Geist die Firma verlassen. Danach würde nur noch der nackte Profit regieren.

Frieder hielt den Fahrstuhl an, bevor er das Kellergeschoss erreichte. Jolinde würde verstehen, dass er grußlos Abschied nahm. Er durchquerte die Lobby, gab am Empfang seinen Mitarbeiterausweis, die Schlüssel und seine Key Card ab. Er warf einen letzten Blick auf das Monstrum der Food-Skulptur und lief ins Freie.

Als Frieder eine halbe Stunde später seine Wohnung betrat, tat er es in dem Gefühl, dass sich auch hier bald etwas ändern würde. Wo er hinsah, seelenlose Möbel als Ausdruck seines ziellosen Lebens. Impulsiv trat er gegen die Beine eines Stuhles, der vom Tag seiner Montage an instabil gewesen war. Widerstandslos gab das Ding nach und brach in sich zusammen. Am besten, du tauschst statt der Möbel gleich die ganze Wohnung aus, dachte Frieder, vielleicht die ganze Stadt. Er staunte, wie leicht es war, Vertrautes und Abgelebtes über Bord zu werfen, nachdem der erste Schritt einmal getan war.

Gewohnheitsmäßig klappte er den Laptop auf. Ihm war nicht danach, im Internet nach Freundschaft zu suchen, trotzdem entging ihm nicht, dass Lena mehrere Nachrichten geschickt hatte.

16:31

Lena Luna Du warst so merkwürdig beim letzten Mal. Was ist los? Wollen wir uns treffen?

16:38

Lena Luna Heute Abend? Du hast freie Terminwahl.

16:43

Lena Luna Natürlich nur, wenn du nicht wieder mit deiner Laborratte bis tief in die Nacht zusammenarbeiten musst …

16:48

Lena Luna Ich dachte an nichts Extravagantes. Vielleicht DVD-Gucken aufm Sofa, mit Pizza vom Ecklokal.

Er betrachtete den Bildschirm. Gern hätte er heute einen unspektakulären Abend ohne Styling und Posing verbracht, fernab von dem Pack, das das verlogene Treiben für sein Leben hielt. Frieder klickte in das Feld, um Lena zu antworten. Seine Finger schwebten über der Tastatur. *Liebe Lena,* sollte die Nachricht beginnen oder: *Hi, Lena.* Oder besser ganz direkt: *Coole Idee, Lena. An welche DVD hast du gedacht?*

Aber Frieders Finger legten nicht los, sie brachten es nicht über sich, zu tippen. Er hatte Lust auf Pizza, es hätte eine Menge Filme gegeben, die er sich anschauen wollte. Nur der Adressat stimmte nicht. Frieder schmunzelte. Roccos Einfluss hielt sogar nach dessen Ableben an, seine Prophezeiung bewahrheitete sich. Frieder starrte auf Lenas Worte, las sie Zeile für Zeile noch einmal.

> **Lena Luna** *Natürlich nur, wenn du nicht wieder mit deiner Laborratte bis tief in die Nacht zusammenarbeiten musst …*

Frieders musste laut auflachen. Lena selbst lieferte ihm die Lösung. Es gab eine Frau, mit der er etwas teilen wollte, und wenn es nur eine Pizza war. Frieder lehnte sich zurück. Bestimmt schüttete sie gerade den Versuchstieren das Futter hin und füllte den Ratten das Wasser nach. Sie würde die Ergebnisse der Präsentation in den Computer eingeben, aufräumen, die Schränke verschließen, ihren Labormantel an den Haken hängen und sich auf den Heimweg machen.

Frieder loggte sich bei Facebook aus, ohne Lena geantwortet zu haben, und griff zum Telefon. Während er Jolis Nummer wählte, spürte er ein ungewohntes Kribbeln im Bauch. Zum ersten Mal würden sie nicht von Kollege zu Kollege reden. Es klingelte viermal, bevor sie dran ging.

»Ja?«

»Ich bin's«, sagte Frieder vorsichtig. »Tut mir leid, was mit Hansen passiert ist, und dass alles in so einem Chaos geendet hat.«

»Schon gut, er hat es irgendwie ja auch verdient. Ich habe ihn gestern gesehen, ihm geht es schon wieder besser. War wohl nicht so schlimm, wie es aussah.«

»Gut zu hören. Nach meiner Kündigung ist er ja der einzige Food-Designer des Hauses und betreut nun alle Produkte, wie ich höre. So hat er wenigstens bekommen, was er wollte«, sagte Frieder erleichtert. Seltsam war es schon, dass sie nicht auf Rocco zu sprechen kam. Er wollte es dabei belassen. Ob Rocco nun tatsächlich existiert hatte oder alle diesen Fake nur für bare Münze genommen hatten, solange er bei Facebook erfolgreich gewesen war, spielte nun keine Rolle mehr.

»Ja, Hansens Beförderung war letztlich auch ein Grund für mich, Tastemaker ebenfalls zu verlassen.«

»Wirklich?«

»Ja, ich habe noch mal über deine Worte nachgedacht. Du hattest recht – was die da treiben geht einfach zu weit.«

»Du bist also nicht mehr sauer auf mich?«

»Naja, ein wenig schon. Ich hab jedenfalls was gut bei dir. Denk dir schon mal was aus …«

»Ich hätte da eine Idee. Was hältst du von einem Sundowner über den Dächern Berlins?«

»Sundowner? Und wo soll das sein?«

»In der angesagtesten, hipsten, illegalsten und coolsten Location der Stadt.«

»Wolltest du mit dem Gehabe nicht Schluss machen?« Sie klang reserviert.

Er konnte sie förmlich sehen, wie sie auf ihrem unbequemen Stuhl saß, die Knie angezogen, die Brille auf der Nase.

»Wieso Gehabe? Ich möchte dich zu mir einladen.«

»Über den Dächern Berlins?«

»Da, wo ich wohne, gibt es ein riesiges Flachdach oben auf dem Haus, mit einem sensationellen Rundumblick. Normalerweise lässt unser Hausmeister niemanden dort hoch. Aber ich denke, für dich könnte ich eine Ausnahme arrangieren.«

»Und was machen wir da?«

»Wie wär's mit Pizza?«, fragte er zärtlich.

»Wenn sie nicht zu scharf ist. Und Bier.«

»Pizza und Bier und eine Sommernacht im Freien.« Ängstlich erwartete er ihre Antwort.

»Soll ich mich umziehen?«

»Komm, wie du bist.«

Nachdem sie sich verabschiedet hatten, lief Frieder ins Erdgeschoss und klingelte bei Borolski. Sven machte auf. Hinter ihm saß ein kleines Mädchen auf dem Sofa.

»Ist dein Papa da?«

Sven schüttelte den Kopf und wurde rot.

Frieder grinste. Es war Sommer, es war eine Lust zu leben. In einer echten Welt.

»Ich bräuchte den Schlüssel zum Flachdach«, tuschelte er dem Jungen verwörerisch zu.

Als Sven verstand, nickte er nur. Wortlos ging er zum Hängebord, suchte den richtigen Schlüssel heraus und reichte ihm Frieder. Jetzt lächelte auch er.

Hunter S. Thompson

»Er war ein Genie, das die Literatur so veränderte wie Marlon Brando die Schauspielerei, so wichtig für uns wie Bob Dylan und die Rolling Stones.«
Johnny Depp

978-3-453-67604-6

978-3-453-40853-1

Leseproben unter: **www.heyne-hardcore.de**

HEYNE <